PARMI LES FEMMES

ÉDITIONS LA PEUPLADE
339b, rue Racine Est
Saguenay (Québec)
Canada G7H 1S8
www.lapeuplade.com

DÉPÔTS LÉGAUX
Bibliothèque et Archives
nationales du Québec, 2024
Bibliothèque et Archives
Canada, 2024

ISBN 978-2-925416-27-2

•

Les Éditions La Peuplade reconnaissent l'aide financière du gouvernement du Canada pour ses activités d'édition et remercient le Conseil des arts du Canada, la Société de développement des entreprises culturelles du Québec (SODEC) et le gouvernement du Québec, par l'entremise du Programme de crédit d'impôt pour l'édition de livres du Québec (gestion SODEC), du soutien accordé à son programme de publication.

Financé par le gouvernement du Canada | Canada

POÉSIE

PARMI LES FEMMES

DE PRAGUE À SARAJEVO

AVANT-PROPOS

Tout a commencé à l'été 2015, par un voyage en solitaire. Mon premier voyage dans des pays de l'ex-Yougoslavie (la Slovénie, la Croatie et la Bosnie-Herzégovine), que j'ai encadré d'arrêts dans des villes rassurantes : Prague, où j'étais allée à plusieurs reprises rendre visite à mes chères amies, et Trieste, dont le nom me trottait dans la tête depuis mon heureuse lecture de *Je m'en vais à Trieste* de Nicole Brossard.

Femme seule en cavale, je ne cherchais pas la compagnie mais celle-ci me trouvait, tant celle d'autres femmes de tous âges et de toutes langues passant dans mon voyage en coup de vent ou s'y installant avec moi que celle des femmes de la section « histoire » des guides touristiques, que celle des guides en personne dans les musées. Dès que j'ai trouvé la première – Nora Joseph Joyce, née Barnacle –, c'est comme si les autres s'étaient mises à me chercher.

Femmes de, *muses de*, *filles de*, parfois présences tranquilles mais toujours guerrières à leur manière, ces vingt-huit femmes (sans compter les trop nombreuses mères, épouses, filles et amies de Srebrenica) ont toutes vécu quelque chose qui valait la peine d'être nommé, d'être mis entre les mains de la poésie qui floute les contours. Car même si l'écriture de ce recueil a été accompagnée d'un colossal travail de recherche en neuf langues, certaines que je maitrise, le français et l'anglais, une autre que j'en suis venue à pouvoir lire, le BCS (bosnien-croate-serbe), une que j'avais étudiée plus jeune, l'allemand, et d'autres encore que je ne connaissais pas du tout avant de commencer ce travail, le slovène, le tchèque, le néerlandais, l'italien et le ladino, il n'en demeure pas moins que je ne suis pas historienne et que l'ambigüité du poème me semblait le meilleur outil pour parler d'elles de la façon dont je sais le mieux parler.

Au-delà de la politique, j'ai voulu établir un dialogue avec chacune de ces femmes, leur proposer une version de leur histoire telle que je la comprends pour qu'elles me lancent par la suite une de mes vérités au visage. Ces femmes prennent aussi place dans mon journal de voyage, se mélangeant aux femmes vivantes que j'ai croisées... et à mon aventure, donc à la version de moi que j'y ai développée. Et que je traine, depuis quelques années déjà, sur toutes mes routes.

•

Mon désir d'aller puiser le plus possible dans les histoires de ces femmes, d'amener au bord de l'épuisement – au sens de Perec – le parfois maigre matériau que je recueillais, m'a conduite à emprunter des mots, des expressions, des phrases à de nombreux ouvrages. Du fait de ma formation académique, j'ai d'abord cherché à citer chaque parole empruntée, à documenter chaque fait relaté. Cependant, les langues, les histoires rencontrées, retracées, ressassées se sont, à travers les années, fondues peu à peu en une seule[1], teintée de ma propre perspective – celle d'une écrivaine québécoise, féministe, voyageuse ; ainsi ma vision du vécu de ces femmes est-elle forcément collage, ou carnet intercalé de dizaines de feuilles volantes.

Qui a écrit quoi, qui a dit quoi ? L'important ne me semble plus d'identifier précisément chaque source, mais plutôt de matérialiser l'impression flottante qui a accompagné ce voyage et l'écriture qui s'est ensuivie, aurore boréale plus que constellation. Ainsi le livre, allégé de notes, gagnera-t-il également en lisibilité. Les extraits empruntés ailleurs sont en italique dans les passages en prose, et en romain (donc amalgamés au texte) dans les passages en vers. Les lecteurices trouveront, au lieu de notes de bas de page, une liste des sources des citations de chaque chapitre en fin d'ouvrage. Toute personne intéressée par la vie d'une femme en particulier est invitée à me contacter personnellement pour obtenir des références plus précises et complètes.

---

1. Et cela sans parler des nombreux liens qui existent entre certaines femmes et qui apparaitront au fil des poèmes.

Ce [livre] n'a pas la prétention d'être une œuvre historique.

Il a été, toutefois, tracé d'après des documents soigneusement étudiés.

MAX OPHÜLS,
De Mayerling à Sarajevo

GENÈVE OU ZÜRICH

Le voyage se fait de femme à femme, mon ignorance semée seule sur *terras incognitas*. Je détends mon passeport magique, fais un saut parmi la neutralité : *how does it feel to feel safe*, chante Syzzors dans *Young, Magic* avec mon visage terre cuite enluminée ? Ma vie à moi ni brulure ni arrachement ; ma vie carte posée maladroitement sur un lit d'auberge caquetante, un surligneur jaune entre les dents. Mon souci à moi n'est pas survie ; il est engranger voix femmes surgissements, ragout bosnien dans l'obscurité.

PRAGUE

Faire de trois jours une seule et longue nuit. Je charrie mes paupières et mon centre tranche : thé et *slivovice* (alcool de prunes), débâcle et chocolat. Pouvoir prononcer mais pas dire ; on me fournit l'horizon nécessaire, protège mes heures. Sombrer là où aucune œuvre ne peut s'élaborer.

UDINE

Cinq heures du matin et l'ombre de chaque homme sur un coin. Mes sacs balancent un itinéraire impossible, un roman garde ma contenance. Qui a le droit de me regarder ici ? Je suis univers seul dans le wagon, la Růžena de Kundera ouverte à ma place, artiste par sa seule posture. Là où le dos brise, le roulis : mes affaires sûres sous mes paupières.

TRIESTE

Nora(h) Joseph Joyce*, née *Barnacle
(1884 – 1951)

femme de chambre à l'hôtel
finn de dublin   éveille
james joyce et ses envies
d'étranger
elle le suit   solaire
œuvre d'elle-même

De quel côté s'ouvre la ville à partir de la gare ? Mouvante, diagonale : traverser le parc où Nora tient droite sur un banc et rattraper James, statue de sel sur canal. Je trouve la vitesse de la lourdeur, me permets de tout voir. Comme le chante Adrienne Ste-Claire, *je sens que tout peut m'arriver* : les arènes, le verre à vin sur un chantier, le grand vide. Les angles obtus de Trieste.

•

Je sors de l'autobus à la gare routière de Trieste, légèrement sonnée par la nuit qui s'est ouverte trop vite pour tout laisser débouler, le sommeil et la possibilité de s'exprimer dans une langue.

Où se trouve la lumière qui brule, où se trouvent les toilettes ? D'un hangar froid à une toilette turque avec deux *packsacks* à un extérieur clair, néoclassique, infiniment clair.

Je me dépose sur un banc du Giardino di Piazza della Libertà. *What if someone tries to accost me?* C'est là même, Nora, que tu attends James Joyce, ton mari, pendant qu'il va supposément chercher un appartement – et qu'il finit soul comme une botte. L'anglais est ton cri, langue repoussoir, dans cette ville que tu viendras à habiter de toute ta force, de toute la *violente lumière* de ton corps. Toi son *little fuckbird*, sa *gooseen*, sa bernache au suffixe tout doux d'Irlande, *peteen*, *girleen,* tu suis James dans ses villes, ton errant, tu portes ton roman intérieur, ta collection d'érotismes et d'amoureux morts transis, un prêtre sale et un char de poussière d'Irlande file entre tes doigts.

Je ne suis jamais allée en Irlande. Ne suis pratiquement pas encore venue ici, à Trieste, un nouveau visage de l'Italie pour moi. Je t'imagine seule au centre des rotations de voitures, étourdie et les paupières lourdes de soleil, non c'est moi qui m'endors ici. Toutes les deux tenues droites par la vigilance.

Tinder bloody tinderbox, qu'elle sera, ton Irlande, quand tu y retourneras. Une bouilloire, de la tourbe, des navets frais déterrés. Une ambiance de hangar, une odeur de ce qui n'arrive pas à respirer.

James n'a pas encore écrit *Ulysse,* il le commencera ici – pour l'instant, il t'oublie dans une taverne –, mais moi je sais que tu n'es pas Molly Bloom ; *non, elle est beaucoup plus grosse*, que tu précises. Pourtant tu l'as pris, le bateau, ta vie de femme entière dans les derniers mots de Molly Bloom : *oui j'ai dit oui je veux Oui.* L'*Ulysse* de James finit par ton grand Oui. Celui qui t'a délogée de Galway, qui t'a fait adopter une vie de concubinage cachée par un titre, la Signora Joyce, est-ce que cela te satisfera comme mariage ?

Un grand Oui, et un grand Non.

Le destin de Molly – rester – n'est pas le tien. L'alcool de James, lorsque tu l'auras récupéré, vous traine d'appart en appart, de ville en ville, de langue en langue et tu deviens *più forte*, plus forte, *a leana*, mon chou, tu laves les vêtements de Livia Veneziani pour payer les pâtes, les couches, les putes en autant que tu saches, tu t'inquiètes pour James qui n'y voit goutte et boit par-dessus bord, avec qui se sera-t-il battu, *que peux-tu y faire* s'il écrit un peu de toi dans ses *effroyables livres* pendant même qu'il te laisse seule avec votre petit Giorgio ?

Je mets le cap vers l'hôtel James Joyce. En chemin je croise la Statua di James Joyce, un bronze de sa taille flânant sur le Canale Grande, une main dans une poche et un livre sous le bras. ... *la mia anima è a Trieste...*, qu'il t'écrit. Ton âme à toi n'y est pas encore, mais ça viendra. Tu rempliras Trieste de ton manteau dévoré de ton *odeur comme si je la tenais dans mes bras* de tes phrases longues sans ponctuation.

Molly Bloom, comme *tous les personnages féminins de Joyce*, tient un discours bâti à même ton *bavardage*, Nora. Le monologue de Molly dans le chapitre « Pénélope » d'*Ulysse* est avalanche d'énumérations de subordonnées de redirections de sujet, comme si tu avais jeté *des pleines poignées de thé dans la théière lui c'est la mesure tout au compte-gouttes* des *mercis pour une méchante tasse de thé comme si c'était une grande faveur à en être reconnaissante en tout cas la façon dont le monde est coupé en deux* des obligations sans majuscule *de les lui faire sucer ils étaient si durs il disait que c'était plus sucré et plus épais que les vaches et puis il a voulu te traire dans le thé.*

J'y crois, à ce que d'aucuns·es appellent ton bavardage et qui est juxtaposition de vérités vraies et j'ai mauditement envie de boire un thé maintenant. J'arrive enfin à l'hôtel, dompe mes sacs graisseux sur le lit, hésite entre me commander une bouteille de prosecco à la chambre ou descendre prendre ma dose de caféine avant d'affronter ce qu'il y a à affronter : un voyage tout neuf.

Je m'assois auprès de toi. Les hommes boivent, *ne veulent jamais parler de choses normales*, le thé russe à Trieste c'est de la pisse rare, les autres épouses trouvent que tu es un *vaste désappointement*, ton fils Giorgio épouse une femme de ton âge et part vivre aux États-Unis, ta fille Lucia a des épisodes schizophréniques et c'est clair que tu l'as brisée en déménageant si souvent, tu fais une fausse couche – ça te vide que les gens partent. Je ne partirai pas, Nora, avant d'avoir fait le tour de toi et de tous ces appartements triestins qui ont jalonné votre course pauvre.

Ma tasse de thé arrive, à la fois vide et pleine d'une absence. Le collier que James t'a donné dit : *Love is unhappy / when love is away*. J'ai un amour aussi, j'ai des lettres absences. J'ai un livre de ses lettres, de James à toi : quels mots débridés envoies-tu pour qu'il te réponde aussi salé, avec quelle nonchalance trempes-tu ton doigt dans l'infusion pour en tester la chaleur ?

James trouve que ton Wagner *pue le sexe*. Ça t'arrange, petit sourire flottant dans la *clameur particulière des mouettes et motocyclettes*, l'Adriatique aveuglante, à la fois mirage et évidence, ce détail éclaté qui t'enracine.

Revigorée par le thé, langue et gorge brulées, je m'arrache. M'extrais de ton monde, pars le conquérir, et tous les autres qui se feront à sa suite.

droite épée dans l'eau
du linge façon
dont le monde est coupé en deux
qui attrape la crève sous ta fenêtre
et qui n'épouse pas
un fardeau trop, trop solide

ton regard comme de plein biais
le temps n'a pas toujours été
attente boisson
vaseuse et cette chair
great lump, bloated gooseen
à l'envers dans les deux sens

a leana   mon enfant
toi *signora joyce of*
europe   de mouettes et motos
baptises tes petits bouts de foie
s'échappent
unhappy   *when away*

presto non sei più forte, tout à coup tu n'es
plus forte que les gens
arrêtent pas de s'en aller et vous
jamais   qu'une maison coupée
d'une manière spéciale –
assieds-toi regarde   un bon marécage

men *never want to talk about normal things*
yes men   *with a roll of the eyes* te traire pour le thé
a rare kind of pisswater
flying above the liffey   *on this very bed*,
une saucisse dansant dans le beurre chaud
comme si je la tenais dans mes bras

jeter une pleine poignée
d'indignes éclabous guenilles
petites lettres déchirées rien
ne peut te massacrer
complètement à ta hauteur
des hommes leurs têtes capitalisées

qu'un violoneux pète qu'un marin renifle
que les enfants que l'*out-of-placeness*
que peux-tu y faire
être heureuse par-dessus tout
wagner et l'œuvre d'une vie :
oui je veux

un grand *devoré*   oui
est-ce que j'ai le droit aussi
de saisir quelques éclats de toi d'en faire
une suite
qui porte ton nom, nora ?

Anita Pittoni
(1901 – 1982)

artiste-artisane de trieste
tisse des costumes d'expo
universelle   la guerre
frappe elle devient éditrice
pour préserver autrice pour
armonizzare l'intérieur

Je grimpe, la peau auréoline. Plus tard, l'ondée sortira de la ville, à travers la ville ; l'envie de filmer le niveau qui monte, de nous jucher sur les chaises, les tables, les comptoirs : *last day in Venice,* et tout le monde m'envie sur Facebook. Les bustes d'Anita et de Letizia se perlent, charbon d'eau.

Dans *Alphabet triestin*, Samuel Brussell énumère

> *l'un après l'autre les hôtes du Jardin public [Muzio de Tommasini], trente et un personnages en tout : Biagio Marin, Pier Antonio Quarantotti Gambini, Giani Stuparich, Silvio Rutteri, Anita Pittoni, Letizia Fonda Savio, Muzio de Tommasini, Giulio Camber Barni, Gianni Bartoli, Julius Kugy, Ruggero Fauro Timeus, Scipio Slataper, Riccardo Pitteri, Carlo Banelli, Pietro Kandler, Giuseppe Sinico, Silvio Enea Benco, Italo Svevo, James Joyce, Umberto Saba, Srečko Kosovel, Valentino Pittoni, Riccardo Zampieri, Giuseppe Caprin, Virgilio Giotti, Pasquale Besenghi degli Ughi, Alessandro Moissi, Giuseppe Rota, Nicolò Cobolli, Giovanni Mayer, Umberto Veruda.*

Deux statues de femmes pour vingt-neuf statues d'hommes.

•

Anita, ton nom sous un buste jais et soudain je te vois partout dans Trieste – décuplée comme toute femme triestine mais peut-être un peu plus que les autres tu es *creatura impensabile.* Je ne lis pas l'italien mais qu'importe, j'apprendrai à lire les ombres que créent tes costumes sur les murs des photos, les travaux de laine, *lavori in lana* qui t'emmènent partout dans le monde, le demi-sourire si doux chaque cerne creusé par les guerres.

Alors que tu grimpes, jaune napolitaine sur terre d'ombre, l'escalier menant à l'atelier des sœurs Wanda et Marion Wulz afin d'y tisser crocheter coudre des costumes de scène pour toutes les *tigresses sereines et satisfaites*, je monte celui de la Biblioteca Civica Attilio Hortis, tremblante de ne pas trouver les mots pour fouiller dans tes archives, de ne pas te trouver, je n'ai que quelques jours. Je ne sais pas encore que déchiffrer toutes ces photos d'article de journal collé sur du carton, de livres poétiques édités par tes propres soins aux Edizioni dello Zibaldone (*du Méli-Mélo*), et du journal enfin que tu as rédigé en 1944 et 1945 me prendra de nombreuses années. Que ton journal sera traduit en français juste après que je me suis cassé la tête sur tes phrases évanescentes à l'aide du dictionnaire français-italien prêté par une amie. Mais je préfère chaque fois mes traductions – elles portent le poids du travail à l'aveugle, de cette *force ouvrière* que tu tisses détisses retisses sans cesse entre tes doigts et ta tête bien faite.

Piéger le vulgaire souffle de la *production de masse* à venir ; comme toi, je crée pour renverser notre prédicament, celui du monde aux ruisseaux teinture de plomb qu'heureusement tu ne verras pas couler.

Tu traces des lignes à travers l'avant-garde, la modernité, le futurisme. Kaléidoscope couleurs brisées, mouvement dur que tu imprimes à la rondeur des tissus. Quid des fascinations futuristes : machines, vitesse, fascisme, destruction de vies ? Socialiste déclarée fréquentant des gens de tous côtés, surtout intéressée par l'autonomie de la production textile et *le travail artisanal des femmes, il ne ressort pas de tes écrits que tu aies véritablement réalisé le poids politique, culturel et social du fascisme ni que tu l'aies consciemment partagé.* Aujourd'hui on te dirait *impolitica*; *donna a sorpresa*, femme orchestre à surprise, je te vois allongée pour réfléchir pendant les bombardements, toute de soie pour écrire : la guerre a sonné le glas de l'artisanat, mais qu'importe car il y a en toi cet art intime de la texture, cet art que d'aucuns·es diraient tout féminin de la trame et du fil.

J'aimerais faire mienne aussi ton *unica legge centrale*, unique loi centrale qui tient ton univers : *ce seul besoin intime d'harmoniser, harmoniser les battements désordonnés, insérés dans le mouvement de l'univers, participer, avec ta petite vie, à l'univers.* On dirait le même besoin qui me fait multiplier les cartes postales, les entrées de carnet, les enregistrements aléatoires dans les *caffè*. Avec la bora, le *mad-wind* respecté de toustes à Trieste, au grand dam de Nora Barnacle Joyce, dévale l'âme des auteurices antiques et vivant·es de la Giulia, courant catabatique de toutes pensées déversées à cent-quatre-vingts kilomètres-heure. Tu veux les capter entièr·es, leur donner une tribune, je veux en saisir des petits bouts – les digérer. En faire une grande pâte et en couvrir les murs de chaque journée à venir.

Seule dans ma chambre d'hôtel au James Joyce, je me bâtis une contenance à même ta force. Tu n'as pas pu aller à l'université parce que c'était le krach boursier et qu'il fallait favoriser les frères ; après la mort de ton compagnon des cercles littéraires, Giani Stuparich, tu as perdu la maison des débuts du Zibaldone, ton soutien financier et le sentiment d'être *équipée* pour ce *monde est comme il est* pour les femmes artistes. Tu décris ta fin dans la solitude d'une chambre d'hôpital partagée : *La fin, seule la fin résoudra tout. De rien d'autre ne peut-on être sûr*. Seules sept personnes t'enterrent ; *tutto ora si concilia in questo punto di arrivo*. Tout s'accorde désormais dans ce point d'arrivée. Tout s'est écrit à Trieste ; de cela je suis sûre, désormais.

le mouvement décomposé tes mains
chimère sans arrêt
sur image, ton regard si
chevron à un fil
entre les étoiles tire
una creatura impensabile

un zigo de usel –
cri d'oiseau triestin que le costume remplit un tigre
placide, la force d'avoir tout autour
de cette presque lumière :
géométrie de soie, sursaut de grappa,
le courage   songe couchée

une distance faite de ciel
entre ce miracle et le prochain
peut-être déjà advenu penser
au temps c'est déjà
penser au passé tissu *tessuto stessuto*
détissée l'adhérence   même d'écrire

la nécessité insolite
de regarder *xe bora fora*
la bora souffle en pleine robe enchantement
liquide le soir,
rocheuse le jour n'a que faire des ingérences
de l'univers à toi

se succèdent les trieste dans
le fatras fertile, la guerre résulte
en un point d'aiguille, dispersé
tu féroces un œuvre
de toutes choses diverses –

con la tua avventura
el strighez, sortilège
de la coupe à vin
pétillante main ferme, sécure
un début d'ordre – mais est-ce bien ainsi
qu'on écrit un livre ?

tu me réponds : *parti, va, te*
tornarà anca ti – tu reviendras aussi.

Letizia Fonda Savio*, née *Svevo
(1897 - 1993)

éditrice promotrice dévouée
à l'œuvre de son père italo svevo
et à la vie politique
raccoglitrice, recueilleuse : de ses trois fils
et autres morts au champ de bataille fait
des manuscrits un musée

Assise sur l'un des bancs du Giardino pubblico Muzio de Tommasini je lis *La conscience de Zeno* sur mon iPhone, en surligne des passages, jaune moutarde au bout du doigt. Italo Svevo, ton père, y énonce votre vérité à toustes deux, Letizia, brasier maintenu à coups de dernières cigarettes : *Je n'étais pas tranquille. Peut-être est-ce mon destin de ne l'être jamais.* Traversée par l'envie des visites de plus, des verres de plus, je me sens appartenir à votre famille, toute de grandeur et de tension. D'élasticité, cordes de violon.

De ton père tu notes la *great absentmindedness* ; pourtant ta *présence juste, belle, de la plus haute valeur.* Une *stella alpina*, étoile alpine qui prend racine et qu'il oublie devant le magasin de jouets d'une ville étrangère, toute à ta vitrine et lui à son intranquillité – c'est Livia, ta mère, qui te ramène à son existence : *E la putela? – Che putela?* Et la fille ? – Quelle fille ? Quelle fille n'est pas marquée par le fait que son père l'a oubliée – et que la famille le répète sans cesse, anecdote qui te constitue en te déconstituant ? Toi, semble-t-il.

Toi, oui, qui traverses la frontière pour te rapprocher de ton fiancé au front, Antonio Fonda Savio, de l'Autriche-Hongrie à l'Italie, dans ce qui a tout l'air d'un *départ pour les vacances* mais qui prélude étrangement aux morts les moins annoncées. Solidement construite, *même de tes absences, tu ne vois pas les écueils* : on te laissera forcément passer. Sur ton chemin tu collectionnes, insouciante, *un taccuino in pelle di Antonio*, un carnet en cuir d'Antonio ; *alcune interessanti cartoline postali d'epoca*, quelques cartes postales anciennes intéressantes ; une *stella alpina* – entre les pages, un edelweiss.

Après un accident de voiture dont ta mère, Livia, et ton fils Paolo sortent indemnes, ton père se retrouve sur son lit de mort. *Non piangere, Letizia, non è niente morire ;* ne pleure pas, Letizia, ce n'est rien mourir : mais qu'en est-il quand les morts s'accumulent, peut-il y avoir accumulation de riens ? Tes trois fils morts à la guerre dans un intervalle de deux ans, est-ce que ça peut, est-ce que ça doit rester un vide abyssal ? Tu laisses un recueil de poèmes simplissimes, *Niobe Moderna*, à leur mémoire, série de métaphores nues pour leur passer, toi aussi, un héritage sur la frontière, entre ta vie et leurs morts.

Dans cette accumulation de tes survivances, je cherche à donner cohérence à ces éléments épars de toi : buste noir, succession de morts, pleurs sur papier ; mise sur pied d'un musée *sveviano* pour ton père, implication pour les familles des tombé·es et disparu·es à la guerre, défense de l'*italianità* de Trieste. Adoption d'une nouvelle famille : Vittorio Pizzarelli, un ami d'armée de Sergio, sa femme Marina Cobal Zennaro, leur *Letizia Piccola*.

Ça me frappe : toute cette dévoration, cette voracité.

Là où je voyais un noir de carbone il aurait plutôt fallu voir un noir d'encre : celui des femmes *restantes*, agissantes malgré les larmes, la pierre, la *scordatura*.

Toutes cordes ravalées, même après la mort de Livia, d'Antonio, de Vittorio. Ou un noir d'ivoire, *une intensité de vie plus ou moins forte selon la variation de la lumière* ; ta vie, dilatée comme si, après les bombardements, tu voulais incarner les grands tableaux de Veruda de votre villa familiale.

Comme toi, je multiplie les causes, mais dans mon incapacité à prioriser, tout n'avance pas, se termine en même temps. Tout est à peine fini qu'il est déjà commencé. Un jour, *fidèle à ton passé*, dans Trieste ou ailleurs, *quoi que j'écrive, je serai dans la fable*, mais j'y serai ancrée, solide.

pareva una partenza per le vacanze
mais au lieu d'un départ en vacances c'était
une partance des êtres une dispersion une
découpe des destins à l'intensité
de vie plus ou moins forte
en fonction de la lumière

vitrine du magasin de jouets
toutes les couleurs déjà
t'admirent petite fille – quelle fille ?
arc relativement sain tu sais
qu'il n'y a rien de personnel
à t'oublier

le premier italo éclate, lourde
cigarette mouillée en paume ne pleure pas,
letizia, ce n’est rien
mourir
c’est le manque qui reste
boiteux

carte grège ou vélin   *impossibile*
violino rotto, cassé
trait interrompu *con il lapis*
au crayon trois fils comme trois cordes
pétées au *sopravvento*
le dessus   toute jeunesse   vaincue

piero, paolo, sergio
ta trinité *senza meta*
sans but autre que ramener des cadavres –
salme enroulés tressés :
nous ne désirons pas nous
détacher

de l'italie des noms aux tombés
antonio, vittorio, *lutto*
ramener du deuil
un *rosario dei turchi*   son œuvre   une
dernière *puff* :
laisse   toi aussi débouler
tout le long des falaises du carso

j'aimerais que ma traversée
des *terremoti*, des *rosei tramonti*
des séismes et crépuscules roses
souvenus avec tant de monde autour
ait l'*altezza* de ta posture,
juste.

Livia Fausta Svevo*, née *Veneziani
(1874 - 1957)

fille de famille bourgeoise triestine
religieuse et détentrice du secret
de la peinture pour navires
elle épouse son cousin éloigné italo svevo
et gère sa carrière
posthumément

La pluie n'est pas le spectacle gratuit au Caffè San Marco. C'est plutôt l'accordéon, la polenta, le poulpe : tout est liant au Caffè San Marco. La femme seule d'un soir joue l'écrivain ivrogne d'un soir, ou Livia en cure liquide. La résine du Frioul coule dans son verre, ses cheveux perdus en montagne, cycle de la nature en route : que le voyage continue. Le beau serveur aux plis rieurs lui lance *au revoir et merci* comme un bonbon à l'anis, l'emballage et tout.

•

On ne sait jamais ce qui viendra en retour lorsqu'on offre. Comme touriste seule et curieuse je me sens partout gâtée, couverte de cadeaux, parfois de sous-entendus que je fais semblant de ne pas avoir compris, moi qui ne devrais pas comprendre la langue et ses subtilités. Les Triestin·es ne savent pas encore que dans ce cahier fabriqué par Mélodie Vachon Boucher, *Le vin blanc est pas blanc vraiment*, s'élaborent un livre et presque dix ans de souffrances et de joies – vrai répertoire d'accordéon.

Au Caffè San Marco, la réunion de la chorale occupe les trois quarts de l'espace, et bientôt, je partage ma table avec un couple d'enseignant·es. De français, il me semble, comme toi, Livia, qui as enseigné le français à la nièce d'Italo Svevo, ton futur mari de treize ans ton ainé. Le français sur la couverture de mon livre, du théâtre chez Projet 10, est aussi, il me semble, ce qui a donné l'impulsion au serveur de me parler en français – mais dehors, peut-être pour ne pas que la conversation continue ou parce qu'il était gêné. Je prends le bonbon, je sors.

Tu prends aussi, Livia, ce qui vient en retour du verre de marsala, un xérès de Sicile, offert à ton cousin germain, Italo, aux funérailles de ta grand-tante : la considération que tu es une femme, bientôt sa *bien aimée*, comme il t'écrit en français, langue de ton enfance à Marseille. Il te fait cette fleur mais pas celle d'arrêter de fumer, c'est juste qu'il avait trop envie de t'embrasser, et ce non-respect de votre pacte mène tout de même à votre union.

Je te cherche, Livia, en négatif dans *La conscience de Zeno* – où le narrateur cherche, lui, à se débarrasser de son obsédante envie d'une cigarette – et dans le livre que tu as écrit, *Vita di mio marito*, récit de vie de ton mari. Je te cherche en creux dans sa vie à lui et c'est trop facile de tomber dans le piège de le décrire et pas toi, comme je mets presque à chaque pas le pied dans le piège de me décrire moi. Tu es le pilier d'Italo Svevo et de ta famille ; pour moi tu es surtout rivière coulante, fuyante et, en la quasi-absence d'aspérités marquées, tu restes énigme.

À travers tout ce qui est dit sur ta beauté, surtout celle de ta *grande inondation de cheveux dorés* – une *pagode* qui tient sur ta tête *délicate*, cascade même que

James Joyce empruntera, avec ton nom, pour créer son personnage d'Anna Livia Plurabelle dans *Finnegans Wake* –, un premier indice : tu termines une lettre à ton mari par le commentaire *ma beauté (si elle existe)*. Une trace de doute, une fragilité et une force à la fois : mettre de l'avant son humilité.

Un deuxième indice : ça ne t'arrange pas que la rivière, dans l'œuvre de Joyce, soit l'endroit où des femmes viennent laver leur linge sale. Pourtant Nora Joyce fait ton repassage, mais ça, ça va.

Viennent ensuite tous ces mots d'Italo pour décrire ton caractère : *sérieuse*, *sérieuse*, *sérieuse*, *tâches*, *sens de la justice*, *joie de vivre* face à son *inettitudine*, son inaptitude. La tâche que tu te donnes : en *gardienne de sa gloire*, faire publier tout son œuvre, protégé dans une grande malle, que tu traines de Trieste à Arcade lorsque ton aryanité n'est pas reconnue – il aurait fallu verser un pot-de-vin. Pourtant le vernis craque par endroits, à cet entrechoc entre ton catholicisme inflexible et son judaïsme non religieux. S'il pouvait se faire baptiser, que vous puissiez vous marier à l'église catholique… Il le fait, à sa façon, comme tout. D'ailleurs, tu es un quart juive, ne l'oublie pas.

Sur son lit de mort il refuse de prier à ta demande, puis se tait. Plus tard, tu le fais déterrer pour le transporter du cimetière hébraïque au cimetière catholique, et c'est à ce moment-là que, d'après moi, sortent de ta bouche les mots les plus marquants : *Ouache, il était couvert d'horribles taches brunes*. Comment ce détachement formidable peut-il cohabiter avec ton implication sans faille dans la constitution du Museo Sveviano avec Letizia ?

Je sais qu'il le peut – c'est la même insensibilité qu'on convoque lorsqu'on doit laisser un·e amoureux·se, ce masque indifférent qu'on met pour ne pas éclater, ne pas rejouer un dernier tour de valse. Ce sont les mots qui s'échappent, négligents lorsqu'on a besoin de parler pour penser. C'est l'emballement de l'activité et de la parole pour se garder en surface – intérieur *grands pianos, fruits et fleurs aux fenêtres, lanternes en verre de Murano*. Comme les *glycines* tenir en vagues *sur la pergola*.

C'est dans ce musée aussi *liviano*, *letiziano*, que je vous vois pour la première fois, et que je comprends la puissance des espaces pour la littérature. À Italo qui aurait souhaité que vous parliez davantage de livres, comme à vos débuts, tu as fait construire un bureau pour qu'il écrive en paix. Ce n'est qu'après que j'ai réordonné les faits de ta vie que s'évanouit tout à coup l'ironie que j'avais perçue dans ce geste.

quelque chose dans l'effacement
me dépasse
s'omettre   comme preuve
sa sérieuse joie de vivre et
sa rivière de cheveux
limpide (si elle existe)

pivot, pilier, jardin de *knospe*,
bouton de rose à la main   sa mère meurt
tu lui offres
un verre de marsala – il
te ravit   si jeune point fixe
dans le temps inepte

le cœur absolu glycine
anna livia polit au coulant
fruits de verre sur ta tête,
une pagode de linge pour nora,
un bureau à soi
pour lui seul

un poids aux consciences un réenterrement,
des flaques brunes
aux poumons : te déclares finalement
ebrea, hébraïque – en cas de désespoir
la dernière minute
peut toujours servir

irrédentée la littérature
fuit votre relation   vivante,
enroulée dans une malle :
trois tonnes de mari et petits-fils
en papier friable

je rêve comme toi de cumuler
fièvres et saisissements
d'organiser un avenir
célèbre
en tout point
le présent.

ZAGREB

Katarina Milka Trnina
(aussi écrit *Ternina*)
(1863 - 1941)

cantatrice croate
dans des opéras wagnériens   pucciniens
à munich londres new york
la paralysie faciale
arrête son ascension   donne son nom
peut-être   à un chocolat

À Zagreb plus de mer qui tienne, la ville : ensemble qu'un système solaire étale, un Soleil posé au centre et des planètes à chercher, parfois de la taille du bout du doigt. Trente ans en voyage comme celles qui choisissent de fêter seules, l'unique confort du vin. Marcher la nuit le long des clôtures est privilège des femmes de loin. Je ne dormirai pas, la fenêtre béante. Chiffonnerai tendrement le trémolo de Milka.

•

J'étais persuadée que ces chocolats servis avec la *kava* à Zagreb, Milka, étaient de toi. Oui, je suis une des rares à avoir lu sur toi avant de connaitre la marque de chocolats. L'écrivain Miljenko Jergović évoque cette question, que je n'ai pas été la seule à me poser : *et si c'était le cas, quoi alors*. Quoi alors aussi si ce n'était pas le cas, si ces chocolats étaient allemands ou suisses ou américains au fil des rachats ? Quoi alors si la couturière Milka Budimir avait acheté le nom de domaine *milka.fr* pour toi et non pour elle, aurait-elle gagné son procès contre Kraft Foods ? Quoi alors si les boites jouaient en s'ouvrant quelques notes de toi, les dernières qui restent sur des cylindres du Metropolitan Opera ?

À travers le ressac du tramway, je sens l'électricité qui vibre de toi à la salle et vice-versa. Tu *chantes seulement - et divinement*, en croate, en allemand, en italien et en français ; l'oreille inapte à l'opéra, je peine à identifier les contours de tes syllabes, je confonds la puissance de toutes tes voyelles. Comme si j'y étais, en 1901 ou 1902, à New York et dans toutes les villes d'Allemagne, d'Autriche, d'Angleterre et que je n'y comprenais rien. Tu les interprètes toutes : la Tosca, Iseult, Kundry. Je lis sur Kundry, *créature pécheresse* qui *refuse d'obéir*, son *obsédant « je ne veux pas »*, et je l'associe à toi, tête dure aussi, qui décides de chanter ce rôle au Met alors que la veuve de Wagner, Francesca Gaetana Cosima Wagner, fille de Frantz Liszt, souhaite qu'il ne soit joué qu'à Bayreuth. Tu t'attires toutes foudres et fleurs.

Et la broche étoilée des Romanov, et les paravents, l'autel japonais, chinois, une demande en mariage du collectionneur d'art japonais William Sturgis Bigelow. Tu refuses cette dernière, gardes les objets, les confies au Musée ethnographique de Zagreb. Il y a sûrement chez toi cette satisfaction, cette euphorie du don. Le gout de partager l'étincelle.

Mais ce qui est le plus connu de toi, Milka, et ça me désole, c'est ce moment où ta pleine gloire craque : une paralysie faciale, soudain le côté gauche de ta bouche ne répond plus. Comment articuler ta présence au monde désormais ? Tu te retires de la scène, enseignes un peu le chant. Tu rechantes dans la cathédrale de Zagreb, parait-il, après la Première Guerre mondiale. *Au beau milieu de l'Ave Maria – un crac. On eût dit que quelque chose venait de se briser en toi.*

Pourtant, tu persistes : *Umjetnički život je težak i mučan, svim time, da još jednom na svijet dođem i da mogu birati, ne bi drugo zvanje odabrala.* La vie artistique est dure et douloureuse, avec tout ça, si tu revenais au monde et pouvais choisir, tu ne choisirais pas un autre métier. Dans la cathédrale aujourd'hui nulle trace de ta voix ni de son bris. Sur le mur un message codé en *glagoljica*, cet alphabet surhumainement géométrique, aux traits trop nombreux pour un seul phonème. Je me demande si des gens viennent le lire avec la clé en main, et je m'imagine réprimer un fou rire en décodant petit à petit cette citation célèbre de toi, Milka, juste en haut du Christ et des deux larrons en croix.

Une journée de bravoure, je traverse la ville à pied et trouve ta tombe au cimetière de Mirogoj, une photo épinglée : toi en Iseult dans l'opéra de Wagner. Sur ta tête, une couronne en anneau montre ta longue chevelure bouclée, jusque dans ton dos. Sérieuse, déterminée, la tête posée contre ta main relevée, tu laisses paraitre la chaine d'une menotte.

Tu as passé quelques années dans la ville bavaroise de Berchtesgaden, comme Adolf Hitler ; Miljenko Jergović dit que vous avez regardé les mêmes paysages et n'avez probablement pas vu la même chose – *vjerojatno, niste vidjeli isto.* Je dis que tu as vu ce que tu voulais voir, et que c'était bon.

tu chantais seulement, mais quelle
voix   ricoche plus loin
que la tienne, du tyrol à l'atlantique
vague diamant
du tsar même
rocher du cygne

tu es l'acérée
kundry l'amer qui réconforte
chante wagner contre
la volonté des wagner –
mais que peut le papier lustré
dans la course au soleil ?

zagreb zénith
diffuse la poussière indue
ton avé
maria
couaque
–

en toi se retirent
les couronnes les roses
par les épines
contre ta glotte ta cabane de paille de
paille – de laque
japonaise de

la vue qu'hitler n'aura pas,
montagne de tessiture ta voix
seulement écrite peut-elle
combler un craquement,
une faille   je ne veux pas
au bon moment

a ja želim, et moi je veux –
entendre la couleur de ta voix, milka,
dure et douloureuse,
toujours se choisir

i želim, et je veux –
l'emballage enlumine le chocolat
pave, palais accessible,
mon premier mot croate.

Ruža Klein Meštrović
(1883 - 1942)

artiste méconnue juive pauvre éduquée
première épouse du sculpteur ivan meštrović
laissée parce que stérile, jalouse,
pas la seule femme qui existe
elle meurt durant l'holocauste
d'une maladie

Muzej - des drames ordinaires. Un lapin commence et finit son tour du monde à Téhéran ; la preuve : un *selfie*. Je fais mieux : commencer et finir la journée à la buanderie ; la preuve : mes dentelles noires oubliées sur place au grand jour. Une femme offre un chandail à son copain, et en échange il lui offre son amour. Je fais souvent pire.

•

Dans l'atelier, chaque pièce un négatif. C'est bien la même histoire : une femme, Ruža, offre son amour à son mari, et en échange il lui offre une vue sur lui qui ne l'aime plus. Mais graviter n'est pas que rester, c'est aussi fuir ; les mille profils de Růžena et d'Olga comme autant de bornes vers faire mieux que tout ça, un seul homme sur la route des femmes-phares. Après tout, comme l'écrit Svetlana Alexievitch, *la guerre n'a pas un visage de femme.*

•

Il y a des guerres intimes dont la fureur n'est perceptible que parce qu'elle imprègne les lieux, rend palpable une jalousie, une possessivité qu'on aura eue pour une autre personne, un autre temps. Une colère qui se replace sans cesse contre le seul objet possible : soi. Tu acceptes d'habiter dans l'appartement avec vue sur la cour intérieure d'Ivan Meštrović et de sa nouvelle famille, Olga Kesterčanek et les enfants, après votre divorce. Ma visite de son *Atelijer* ne me permet pas d'explorer tes quartiers, mais d'en bas, de sa cour à *scrap* réaménagée en musée poli je t'imagine en haut, ton regard noir à contrejour, à lancer des sorts contre son univers entier.

Ton impossibilité de procréer, d'abord : il est dit que tu ne peux *plus* avoir d'enfants, et en ce *plus* réside l'énigme : quelle grossesse ectopique, quelles *tragične trudnoće*, grossesses tragiques, quel désir de ne pas imposer vos *bijedni životni uvjeti*, conditions de vie misérables à un enfant, objet de *la plus haute forme d'activité humaine* selon Ivan ? Quel discours intérieur t'es-tu forgé pour te convaincre que *he meant nothing demeaning* quand il affirmait que le rôle de la femme était d'avoir des enfants tout en demeurant à tes côtés ?

Il faut que tu croies que la vie est un grand jeu. Pour que ta jalousie ne te transforme pas en boule de fiel, tu entres dans la danse, tant qu'à être celle dont il a gâché la vie, *žena kojoj je Meštrović upropastio život*. Jalouse de Růžena par-dessus toutes, la *demonska Zátková*, tu trouves d'autres jeunes femmes pour séduire ton mari, dont Marija Banac Račić. Il faut que tu aies un amour profond pour la vérité, même si elle fait mal. Après vingt ans de relation, tu dis à Ivan : Tu es un bourreau des femmes. Je ne déteste pas tes maitresses, mais j'ai pitié d'elles. *Ti si mučitelj žena. Ja tvoje ljubavnice ne mrzim, nego ih žalim.*

Pourtant je reste intimement persuadée que tu n'es pas la femme amère que d'aucuns·es croient. Dès l'*Atelijer* je tâtonne, croyant voir tes contours dans *Attente* (*Čekanje*) et *Femme au bord de la mer* (*Žena kraj mora*), deux sculptures d'Ivan ; il semblerait finalement que ce soit Olga, toujours Olga. Si tu es femme à sculpter, tu es celle de la mémoire, à distance du corps. Il aura fallu que je la prenne aussi, cette distance d'Ivan, de son regard et de cette multitude posée sur lui, pour saisir l'ampleur de ton talent – oui, quelque chose à toi seule appartient. Une exposition à la Moderna Galerija de Zagreb en 2009 se consacre à tes peintures, dessins au fusain, pièces d'argent et de cuivre sous le nom de *Ruža Klein Meštrović – nepoznata umjetnica* – artiste inconnue.

Inconnue je ne sais pas, mais artiste, oui, et allez savoir pourquoi j'ai commencé par ta vie amoureuse comme par la facilité, peut-être parce que c'est ce qui frappe de ta vie, les mauvais traitements, les chocs. Et que même si j'aimerais bien être différente et saisir les choses d'une nouvelle façon, je reste condamnée aux circuits de la touriste, ne serait-ce qu'aux premiers pas.

Car tu étais modiste, *kitničarka*, dans un salon de chapeaux pour dames à Vienne, *Beč*, quand tu as rencontré Ivan, sans le sou mais talentueux, et tu l'as suivi. Ton père t'a mise à la porte pour ça ; tu développes l'art des recommencements. Plusieurs années plus tard, tu pars étudier l'art à Dresde alors qu'Ivan a déjà commencé une relation avec Olga, avant que vous divorciez, et tu exposes sept pièces encensées par la critique au Proljetni salonu de 1923, le *Salon de Printemps*, parmi seulement cinq femmes sculptrices. C'est cette Ruža que j'aimerais voir à travers les fenêtres de ton appartement, une œuvre en surplomb, une manière de dire *ah, ha !* dans une douceur toute sanguine.

Tu meurs en 1942, *accablée par une grave maladie*, toi aussi victime de la Shoah. Il est des accablements qui sont mal décrits, mais se saisissent aussi aisément qu'une motte d'argile entre les doigts.

vienne   l'effervescence
de tes mains   trace
deux artistes en un :
que vaut un fin chapeau posé
sur une sculpture ?
que vaut un corps

inlargable, lourde grâce
penchée vers l'avant,
tout un chaos sur
le dos   incapable
d'éclore de faner entre
les mains d'ivan

la *demonska* –
colle, jus de rose te fait
l'attente jetée, la femme à la mer
bouée de métal – jalousie bronze
sur ses épaules il t'offre
une maison avec vue

sur la chair
de ses mains pourquoi
est-ce si facile d'accepter
le confort qui nous fend
en deux ?
femme/amande

vitre/miroir :
tu aimes mieux doubler ton visage
à l'éclat sanguin
divorcer de tes doigts
fusains enflammer
le salon de printemps

je sais aussi comment
me laisser briller en orbite
du génie et mes mots
déterrés pointus enfin
écrits par un autre.

Růžena Zátková
(1885 – 1923)

artiste   seule tchèque
futuriste
évolue à rome
dans les cercles italiens russes
après son succès
meurt à bout de souffle

Růžena, *Rose* toi aussi, en français on dirait *Rouge*. J'entends parler de toi à l'*Atelijer* puis, lorsque j'aurai traversé à Cavtat, au mausolée qu'Ivan a construit pour encore une autre femme, Marija Račić, et sa famille. Je dis *traversé* même si Cavtat reste sur la côte, à vingt kilomètres environ de Dubrovnik. Je prendrai le bateau comme d'autres prennent le bus et je couperai, comme on dirait *dans du beurre*, à travers la masse, le piège à touristes.

On me dit que tu es artiste, que tu es tchèque ; comme toujours tu restes hors focale, un des trois murs de la scène, mieux : les trois en même temps, en feu. Seule représentante tchèque du futurisme, *jedina češka predstavnica futurizma*, tu tiens entre les mains un bélier, ton *Beranidlo*, *métal, carton, cuir, verre*, la violente dynamique des machines qui vole en éclats *ne veut accepter aucune limitation* lèche la rose pour atteindre *l'expérience intérieure, émotionnelle de l'observatrice* – j'aurais aimé vivre cette période d'intense confiance en l'humanité, l'art en carton, les regards démultipliés avant que l'accélération inessoufflable gâche toute humble tentative de dominer l'instant.

Toi tu as pu dominer ton destin, quittant Prague pour Rome avec un diplomate russe, Vassili Khvochtchinski, coauteur d'un livre sur la peinture italienne, même pas l'officier allemand avec qui tu t'étais fiancée et que tes parents ont refusé. Tu ne pars pas à Paris avec ta sœur Sláva non plus, pour perfectionner ton art ; plutôt que la maitrise, *das meisterhaftes Können*, c'est le contenu symbolique, *der Symbolgehalt* qui t'intéresse. Tu te lies avec Filippo Tommaso Marinetti, Sergueï Diaghilev, Giacomo Balla, exposes avec les futuristes, publies dans leurs magazines, dans la hauteur, le vertige, le prolongement dans tout ce que tu pourras ne pourras pas devenir.

Et les hommes artistes s'amourachent de toi, te voient pure comme une chanson, une *Vestale*, une *Femme en prière* – alors que tu crées d'énormes béliers en cuir en métal : qu'est-ce qu'ils ne comprennent pas de la volonté d'être insaisie ? Vassili commande ta sculpture chez Ivan Meštrović, ils veulent ta vraie nature intérieure comme si c'était possible, toute femme sait que tu ne peux pas toujours avoir le menton baissé les mains jointes une absence de bras. Je veux te voir diffractée somme des incendies non maitrisés droite parallèle à tout ce qui est possible de l'être.

Mais les œuvres de toi se dérobent, ne persistent que photos et croquis ; et à la fin de la Première Guerre, fragilisée par une tuberculose, tu passes quelques années dans un sanatorium suisse – le futurisme, si tranchant, éparpillant, reprend perspective, tu te tournes vers la spiritualité comme nouvelle base pour l'art : enluminures médiévales, *miniatures perses*, ange reproduit. Tu es la paix en pleine dilatation. J'aimerais que les hommes n'aient pas eu raison.

Le jour de ta mort, tu écris à Ivan Meštrović, sur une carte postale montrant un de ces anges qu'il a sculptés sur le mausolée Račić : *aujourd'hui, ton ange est venu prendre mon âme*. Aujourd'hui, tu avais trente-huit ans, et j'achète une carte postale pour te poursuivre.

tu vibres dans
ta quête de stabilité
veux tout
et ses intermédiaires
laisses les roses par touches
dégaines les auras

sans limite ton front
se fiance fuit
parents d'épines –
rome   appuyée   naturelle
mille béliers mécaniques lavent
en spirale   les visages

amis :
marinetti diaghilev balla   guerre
intransigeante diagonale décochée longue mince
vestale percée d'air même aux bras
tombés   tu avances
serrée – la possibilité qu'ont les hommes

de poser tout contre
la logique du participe présent
femme aimant monde s'effondrant
ne souillant pas son futur
tableau
mais ses poumons

je respire enfin
devant ton parcours
non linéaire
démultipliée.

Olga Kesterčanek
(1894 - 1984)

pharmacienne copropriétaire mère
de quatre enfants de sculpteur
ivan meštrović
l'épouse en secondes noces
elle lui donne une
descendance et une silhouette fertile

Olga pharmacienne, forte de discipline inculquée, partout de pierre, dans l'*Atelijer* de ton mari Ivan Meštrović, souvent de profil. *Sur le bord de la mer*, en *contemplation*, puis un jour *nourrissant* ton fils Tvrtko : les aspects de ta vie qui resteront, sculptés. À travers cette tornade que créent Ruža puis Růžena, voire Marija, j'ai peine à t'imaginer autrement qu'un pilier, une présence qui ravale tout désir déraisonnable, un être lisse - d'autres te voient *kao lavica*, comme une lionne défendant ses petit·es, et c'est ce qu'il me fallait pour pouvoir t'imaginer, tapie dans l'ombre des remparts de marbre au soleil imprenable.

Des drames sont tiens mais combien profonds peuvent-ils s'accomplir ? Tes deux enfants nés avant le divorce d'avec Ruža meurent avant toi : Marta vingt-quatre ans, Tvrtko trente-neuf ans. Aux deux autres, Maria et Mate, tu n'expliques pas plus qu'Ivan qui est cette femme qui les fixe de la fenêtre lorsqu'iels jouent dans la cour intérieure. Mais tu te plains de la présence de Ruža à Ivan, et il répond dans une lettre à Petar : *Il me semble qu'elle commence à protester comme R. à son époque. C'est sur la mauvaise voie – na krivu je putu.*

Tout à coup la sororité embarque, dans une chasse, une traque, une antre de la, des lionnes : *dans la faim généralisée, lutte pour nourrir les enfants*. Le tranquille est redoutable. Tes *yeux* gris-vert, *sivo-zelena*, *inhabituels* balaient l'espace et savent te placer là où ce sera le mieux : tu rencontres Ivan alors qu'il travaille au mausolée de la famille de Marija Račić à Cavtat, à un trait de bateau de Dubrovnik ; dans une lettre d'Ivan à son frère Petar, tu es présentée comme une amie de Ruža.

Là je te rejoins : tu sais te mettre là où c'est avantageux. Mais l'est-ce réellement pour toi ? Il y a chez toi cette forme d'évitement de l'inconfort : *Aujourd'hui est mauvais, demain sera encore pire*, dis-tu. Une acceptation qui te rend presque divine, de l'emprisonnement d'Ivan à Savska Cesta par l'État fasciste croate, l'Ustaša, vu qu'il refuse d'exposer à Berlin pour Hitler, au fait que tu ne peux même pas être présente à ton mariage religieux. Coincée à Split, sous emprise italienne, tu es incarnée par ta sœur Sida à la cérémonie.

Sérieusement, qui ne pète pas un câble ou n'en fait pas l'anecdote centrale d'un livre ? « Mon mariage sans moi. » Peut-être parce que quand tu suis Ivan aux États-Unis quelques années plus tard, tu t'y sens *comme sous un chêne dans une ombre agréable*, tu *aurais aimé rester dans cette ombre - seule !* Peut-être parce que ce que tu cherches a tout à voir avec l'effacement.

Seule femme de sa vie qui n'apparait pas dans *Vatra i opekline*, *Feu et brulures*, manuscrit d'Ivan que tu trouves dans un tiroir après sa mort et qui raconte Ruža, Růžena, Marija. Tu le remets tout de même, droite, digne, à Mate pour qu'il soit publié.

Olga, pardonne-moi d'avoir sous-estimé l'impact de ta cohérence.

ton regard l'étendue vert-gris
inhabituel un mausolée pousse
la poudre
des mots : c'est l'amie
de ruža, c'est
compliqué c'est   la plus belle

de tes qualités, sentir
et ne pas prendre
l'escampette,
vue surtout mais qu'est-ce que voir ?
ruža quand tes enfants tentaculent
étire la nuque

et nourris les enfants leur père
en prison – femme   lionne
à la mer ou sur la mauvaise voie
ta sœur joue ton rôle à ton mariage :
danas je loše, sutra će biti
aujourd'hui est mauvais demain sera
još gore encore   pire

déracinée même
du livre de ses amours,
à l'ombre d'ivan tu voudras rester –

seule !
prendre sa vie en main est aussi affaire
de sculpture

olga ton visage
contemplant le monde
appuyé
au creux de tes bras –
le mien aussi je le tourne
vers le monde
intérieur.

NEUM

Le dos aux montagnes jaunes. Continuer malgré le pneu en manque d'air, la vibration dure au coccyx, les soupirs drus de l'ado *would you like a chewing gum?* Finalement Neum bras de terre de Bosnie, Neum une Japonaise parle hongrois, Neum rêve d'un long étalement.

DUBROVNIK

Govorite li engleski commence à rentrer, j'attends le bus comme une grande, ne me demandez pas comment j'ai fait. Dans la ville demi-lune je louvoie sur du savon entre les grappes de croisiéristes, débarque aux marches acérées. Enfin, la terrasse des photos plein vent est zone sécuritaire. Pas de mines cachées : j'achète un grand chapeau.

•

Je frappe à l'heure des touristes écorné·es et studieux·ses, l'air de savoir ce que je fais ; on me prend pour une Étatsunienne. Pourtant je laisse les perles sur place, mes propres yeux se tachent facilement. Je cherche le drame, seule avec mes *molim Vas,* mes sacs d'épicerie et ma face sure en photo. Le plus grand est venu ; le pire c'est qu'on ne l'a pas vu.

CAVTAT

Jelica Bukovac Radoslavljević
(1897 - 1967)
et *Ivanka Bukovac Javorsky*
(1899 - 1978)

sœurs   premières étudiantes
de l'académie des beaux-arts de prague
peintres   filles
du peintre croate vlaho bukovac
elles poursuivent son réalisme
dans son ombre

Sur mes plages traines de sacs poubelle, Jelica et Ivanka averses de velours. Après la pluie la graševina, cépage de la dernière étape d'une soirée surpassée le lendemain. Est-ce qu'un Français qui lit mes cartes postales érotiques me dérange ? Suis l'interstice entre mes noms, Emina Emine Amy, trois marches inégales. Le cœur de l'histoire n'est pas un problème ici ; il se pourlèche, chat de parvis à hauteur d'yeux.

•

Le chemin vers la plage se trouve à hauteur d'oiseau, et suivant les feuillages j'arrive quelque part, comme on finit toujours, un intérieur mouvant dont les routes changent de visage, un voyage assommé par le soleil implacable, blanc incandescent. Doré. Pourpre, vermillon, olive : les couleurs surgissent de ce lieu où vous grandissez, la Kuća Bukovac, votre maison transformée en musée, c'est vous, le bout de vos doigts dans la peinture, ses teintes dominantes à lui. Vlaho Bukovac, votre père emblème de la peinture moderne croate.

Des portraits partout sur les murs, vos tantes Ana et Gjorgja peintes sur la pierre, il me semble que ce sont elles, et vous, votre autre sœur, votre frère, Jelica-mère sur tableaux repeints en abime, et vous vous habituez à être représentées ainsi, à vous représenter ainsi : sans cesse cet arrière-plan à votre art, à votre vie, jusqu'à l'ennui. Les autres, vous-mêmes.

Sur un mur de l'Umjetnička Galerija, le Musée d'art moderne de Dubrovnik une *Young Female Artist* et je sais qu'il s'agit d'une de vous mais laquelle, vous êtes donc peintres vous aussi. C'est clair, je pense que je l'avais compris mais j'échappe sans cesse des mots que j'ai fait semblant de comprendre après trois, quatre répétitions, je sais très bien à quel point je peux fonctionner en ne comprenant qu'un dixième de ce qui m'est dit et que la poésie s'en porte souvent bien mieux.

Je vous imagine à l'Académie des beaux-arts de Prague, parmi les premières étudiantes féminines, *jedne od prvih žena studentica* – dans la classe de votre père. Ivanka, tu te souviens que quoique doux, *blag, dans la vie quotidienne*, il ne vous *permet pas de refuser le travail superficiellement et facilement*. Mais vous êtes encouragées : *Vi se učite gledat, ruka će već poslušno slijedit, čim budete znali gledat* – Vous apprenez à regarder, la main suivra déjà docilement, dès que vous saurez regarder.

Savez-vous regarder mieux que moi, retracer les chemins qui mènent à ce je-ne-sais-où destiné à n'être jamais trouvé ? Vous, vous regardez par points, pointillistes *en plein air*, réalistement. Vous ne regardez pas les traits incisifs, hardis de ce qui traverse le XXe siècle. Pourtant vous avez lâché les femmes antiques drapées de votre père, ses nues étendues en lordose, et mettez en scène des femmes à l'ouvrage : fabricantes de tapis *in the carpet workshop*, peintres *self-portrayed* en imperméable beige, peintres dépareillées - foulard lousse au cou, boucle de velours noire. Une touche d'enfance sur l'uniforme de travail. De ces *disembodied heads hanging on the wall — macabre but strangely tender* peintes par votre père, vous devenez *First Person Singular*. Singulières.

On vous dit *inferiorne* ; dans le même article, on dit de votre talent qu'il est *neosporan*. Incontestable.

Jelica, Ivanka, vous classez les œuvres de votre père en ordre chronologique, préparez un catalogue. Un catalogue pour le même, *katalog za iste*. Ça sonne comme cette chanson de Jinx, *Vremena za sve* - le temps pour tout. Tant de mots croates entre les points donnent corps à l'espace, entre chaque portrait de vous, une route sous mes pas, qui s'étoffe.

nées entre deux portraits
grandeur mur les paumes
pourpres ouvertes
toutes portes vers la mer
est un champ de points
usprkos inferiornosti, malgré leur infériorité

u odnosu na očevo, par rapport à votre père
vos têtes aussi, deux
explosions tant d'étoiles
tombées aux forêts
calendriers vos doigts prolongent
les premières personnes

plurielles   plus drapées
mais cousantes
vous regardent d’or
comme vous serez
kaléidoscopes
réarrangées

la modernité vous arrive
votre longue nuit beige
vous glisse
hors du temps   répétez :
soleil d'hier, visages ensemble
de contraintes

inconnues, *nepoznate* :
gauchère ou miroir,
de la palette de peintre au noir autour
des yeux apprennent
dans la lumière à
regarder

filtrées
aussi filent
persistantes nous sommes   toutes sable
grains de
soie dans les pantoufles.

Marija Jelena Felice « Klara » Banac Račić
(1884 - 1918)

fille de   compagne de   propriétaires de
à vapeur   la grippe espagnole
décime toute sa famille avant le mariage
de son frère
après qu'elle a demandé une sculpture
pour sa tombe ivan meštrović
leur bâtit un mausolée

À l'envers du courant jusque dans les veines, une bolée de mazout pour la route. Un mausolée est si vite arrivé : prends un coup de grippe espagnole au visage. Mon pas s'allonge autour des morts, *glagoli, glagoljica* ; en cercle picotent faces d'ange, bouches de toutes voyelles grugent Marija et sa mère Mare. Masques crayeux, lisses. Je mérite bien un repas hors de prix, ce sera comme amie, merci.

•

Tout en haut de la colline, un mausolée comme un trou blanc de lumière contre le ciel, une béance dans laquelle il faudra entrer, se confronter à la noirceur. Prendre le guide plastifié pour la visite, en français. Faire un tour sur soi-même, le cou étiré pour tout voir en l'air, puis redescendre avec le vertige.

Ce mausolée pour la famille Račić, il est aussi monument à Růžena, avec son plafond couvert de visages d'anges, leitmotiv de celle-ci. Mais à toi aussi, Marija, avec ses personnages aux longs cous, *duge arkaičke kamene vaze*, vases de pierre archaïques. Un mausolée de la même pierre que le palais de Dioclétien, un monument *tamo gdje matematičari dokazuju da se i dvije obične, olovkom nacrtane linije, dotiču i spajaju u jednu*, où les mathématiciens prouvent que même deux lignes ordinaires dessinées au crayon se touchent et se fondent en une seule. Un seul point de convergence pour vos vies : un mausolée octogonal qui domine la côte, les vents qui soufflent ton odeur : *genêt, littoral immortel...*

Toute une famille sous le marbre blanc de Brač, brulant au sommet d'une colline, surplombe l'Adriatique. Qui es-tu, Marija, pour tant de grandeur, qui es-tu pour que des chars et des barges de touristes se déversent ici, ou plutôt se renversent ? Ta crainte de la grippe espagnole te fait demander à Ivan Meštrović, avant de partir au mariage de ton frère Edi à Rome, à moins que ce soit sur ton lit de mort : *ako se više ne vidimo hoćeš li mi obećati da ćeš mi napraviti kip za moj grob?* Si nous ne nous revoyons plus, me promets-tu de me faire une statue pour ma tombe ? *Promets de me construire une tombe, et donne-moi espoir que la mort est juste une ombre, qui passe.*

L'ombre passe, tous les jours, Marija, mais où es-tu pour la voir ? De ton vivant c'est Ruža qui pousse Ivan dans tes bras pour l'éloigner de Růžena. Tes bras métaphores, tes bras d'olivier encore : il te prend sur ses genoux et t'embrasse, tu réponds *može se voljeti i bez doticanja*, il est possible de s'aimer sans contact. Tu n'es pas évasive ni insaisissable, *elusive and shy like a dove*, *golubica* ; tu cherches la profondeur, celle des âmes, des racines, pas l'éphémère, celle de l'entrechoc des corps. Ivan tente de te mettre dans le même paquet – que qui ? vous êtes toutes différentes – pour se rassurer : il comprend les femmes. *Les lignes de leurs corps et de leurs visages s'animent, et en même temps leurs courbes s'adoucissent, de leurs yeux jaillit une sorte de douceur qui trahit une envie de caresses* : comment douter quand il dresse notre portrait avec tant de certitude ? Entre quels noms, quels verbes trouver l'interstice où t'insérer ?

Sur ta famille l'ombre épaisse, sépulcrale. Tu arrives à Rome et Edi est déjà alité, frappé par la grippe ; tu en prends soin, es contaminée, et décèdes *nekoliko sati prije njega*, quelques heures avant lui. Votre père : déjà mort. La fiancée d'Edi aussi mourra. Et ta mère meurt aussi : un an après les autres, le temps d'exprimer le souhait que la famille soit enterrée ensemble.

Marija, tu étais coincée dans une famille propriétaire de navires, mariée au partenaire d'affaires de ton père, qui *s'amusait partout où il allait* te laissant *seule* avec tes *devoirs conjugaux*. Toi, tu aurais voulu des enfants, et d'un officier, plus jeune, étranger, de classe inférieure – un danger pour la fortune familiale. Ton mari imposé, Božidar, « Božo » Banac, payait sa maitresse parisienne trois fois plus cher que ce qu'il payait ton petit frère Edi pour son travail. Edi, ton frère, ton fils, a reçu tes confidences : *tu diras tout à ton père, ne deviendras pas une garce comme son gendre, te vengeras de lui*. Ne resteras pas un olivier stérile – *nećeš ostati neplodna maslina.*

À Dubrovnik, sur la terrasse de l'Umjetnička Galerija, en hauteur et au plein soleil, est assise la *Vestale*, *Vestalka*, d'Ivan. J'apprends plus tard que la galerie se trouve dans un ancien immeuble privé de Božo. Qui a servi de modèle pour la sculpture ? Růžena.

Toi, Marija, tu demeures à moitié cachée, interrompue comme ta vie, le corps remplacé par un mausolée qui reflète la lumière. Pour le jeu, Ruža te rebaptise *Klara* ; c'est sous ce nom qu'Ivan parle de toi dans le livre sur les femmes de sa vie, *Vatra i opekline*. Feu, et depuis brulures.

les rêves   frétillent musique
inaudible *nečujna glazba* un olivier stérile sentant
le genêt littoral immortel
trop poreuse pour un astre   trop tôt
quel divin te parle ?
si ton avenir est une boite

qu'elle te tienne debout
les fréquences   des visages mondains
pétillent encore pressent le corps
calculent couleurs à ta gorge
long vase en pierre
archaïque   irrespiré

retenue par le coin n'as jamais voulu
voler avant les oiseaux   si
un secret te manque :
de toutes petites lignes de vies
formées aux poings, qui décide
l'explosion –

combien déjà pèsent la lune
un kilomètre de tes yeux
ton frère marié
à une pluie de boulets

ton esquive le comportement de la colombe
marbre de brač une seule chose à la fois
dans plusieurs vies en même temps

dans plusieurs anges gueule ouverte
je vois letizia à genoux
dans toutes les guerres à venir
deux lignes ordinaires fusionnent
la lenteur
aussi a un poids je le   ferai
profondément promis.

SARAJEVO

Sophie « Sopherl » Marie Joséphine Albine Chotek de Chotkowa et Wognin
(1868 - 1914)

comtesse   dame de compagnie
épouse
l'archiduc franz ferdinand
elle devient duchesse
assassinée à sarajevo   éclate
la première guerre

Le paysage a changé, le temps. Casser vingt euros aux toilettes, se faire caresser la bague onyx, avide dame pipi. Rire nerveux, de toute manière il pleut : cette ville est merveilleuse. Tant de monuments qu'il faudra défaire au soleil. D'ici là, éviter les tuyaux cuivrés, porter des vêtements trop courts pour le ramadan, emprunter l'espace entre chiens et pigeons, manger le ragout de ma grand-mère dans l'obscurité. Boire le thé à même la tasse de la comtesse Sophie.

•

On dirait que j'ai choisi mon auberge exprès : un nom d'origine turque, terminé par le seul phonème de BCS, bosnien-croate-serbe que je n'arrive pas à prononcer de manière satisfaisante ; et située de l'autre côté du pont où a eu lieu l'attentat qui a déclenché la Première Guerre mondiale.

Chaque matin, je me bourre de *hurmašice* maison, ces biscuits dans le sirop à défaut de grands-pères, puis foule le pont où bien plus tard, un jeune homme voudra me montrer des vidéos d'horreur et, mis face à mon refus, me demandera : *Why then are you in Sarajevo if you can't look at the pictures? Fair enough*, ou pas. Mais pour l'instant je traverse la *Latinska ćuprija* qui mène au Muzej Sarajeva où logent ton histoire, la sienne, vos tasses de thé. Je suis toute à l'émerveillement de l'histoire qui t'a fait exister, Sophie, puis mourir tragiquement au coin d'une rue dans un jeu politique qui te concernait si peu. J'ose même rapprocher l'image du rêve - que tu avais de suivre ton mari, de le côtoyer en public - et celle du cauchemar : l'évidence, juste néanmoins.

Après ma visite chargée de fins je retraverse le pont, trouve une table dans l'ombre du *charming little music pavilion/tea house, to the top of the parking lot* promis par mon guide touristique, et je mets en ordre dans mon carnet ce que peut être ton destin mêlé au mien. Parce que le cinéma étoffe, je comble avec *De Mayerling à Sarajevo* de Max Ophüls.

Sophie Marie Joséphine Albine Chotek de Chotkowa et Wognin, tous ces froufrous ne garantissent rien, qu'un scandale : dame d'honneur chez l'archiduchesse Isabelle, tu réussis à voir l'archiduc qui te plait tant, Franz Ferdinand, *de loin en loin*, mais si votre amour mènera bien au mariage, il sera fatal pour vous deux - *il faut que la comtesse descende*, disent les jaloux·ses. Tu ne seras jamais archiduchesse, seulement duchesse, de Hohenberg.

Ce ne sera pas une des cinq filles d'Isabelle qui épousera Franz, mais bien toi, utilisée *pour la symétrie* des portraits, la sixième femme sera la bonne : six photos de Sophie sur le bureau de Franz, et surtout une dans sa montre à gousset, qu'il a oubliée derrière lui dans un acte manqué. Celle-là même qu'il avait osé regarder alors que tu donnais un discours pour le Comité des dames de Brünn – impatiente, tu as dû aller t'excuser mais tu es encore plus sortie de ton rôle : tu n'apprécies pas le fait d'être gouvernée par les Habsbourg, parles pour des *milliers d'opprimé·es*. La franchise, l'aplomb sont qualités d'aristocrates, aussi.

Pas le droit à l'escalier central, besoin d'une autorisation pour aller rejoindre Franz à Sarajevo : ton premier voyage à ses côtés, sous *une impression d'angoisse, de malheur*. Votre train sursaute : *is it not like a grave?* qu'il dit. Loin des yeux du jugement, ne plus être *dans son ombre* : tu es assise à côté de Franz dans la voiture, mais la garde entière n'est pas – ne peut pas être – déployée. *Si on te permet de vivre à côté de lui, c'est tout ce que tu demandes.*

À Sarajevo c'est la Vidovdan, fête nationale serbe marquant la défaite contre l'Empire ottoman en 1389, entre résistance contre votre Empire et banderoles *Živeo prestolonaslednik, Vive l'héritier du trône*. La Jeune Bosnie tapie dans l'ombre, Mlada Bosna, souhaite fédérer les Slaves au prix de lancer une guerre mondiale, tout près de ce tout petit pont latin, qui traverse cette si fine rivière, la Miljacka.

Mais avant les tirs de Gavrilo Princip, il y a Nedeljko Čabrinović et sa bombe sur le convoi ; Franz qui lève le bras pour te protéger et la bombe qui ricoche sur lui, blesse le lieutenant-colonel Merizzi, et toi tu n'as qu'une égratignure près de la clavicule. Visite à l'hôtel de ville, Franz veut se rendre au chevet de Merizzi au

Konak de Sarajevo, tu ne veux pas rester à l'attendre parce qu'*il y a encore du danger, tu as le droit de le partager avec lui, non ?*

Mais Merizzi est en charge de l'itinéraire ; votre chauffeur s'engage dans une petite rue menant vers la vieille ville ottomane, Baščaršija, hésite, s'arrête devant un *delicatessen* – là où Gavrilo Princip, qui hésite lui aussi en te voyant mais pas assez, s'était arrêté manger. Manger, tirer : Franz au cou, toi à l'abdomen.

Franz, te voyant t'effondrer, te crie : *Sopherl! Sopherl! Sterbe nicht! Bleibe am Leben für unsere Kinder!* Ne meurs pas ! Reste en vie pour nos enfants !

Tu ne restes en vie pour personne.

Bien assise dans mon absurdité propre et mes cartes postales, je sirote un thé vert, *zeleni čaj*, dans une grande tasse du commerce, rouge et blanche ; sa marque : Franck.

les deuxièmes finissent
les premières – finiront aussi
franzi long temps
bordé de chintz,
que la comtesse descende
pour la symétrie

six portraits de toi
tiquent sa montre
et ton sourire déborde, le droit
d'être un poids dans sa vie
l'ombre il faut
aller jusqu'au bout

présage morganatique
sinon le privilège qu'est-ce qui
ne ruissèlera plus ?
danger du jour de résistance,
n'est-ce pas un cimetière
qu'il écarte du bras, vive

le *prestolonaslednik*
ta première sortie clôt
le monde votre voiture
hésite, recule, immobile devant
sa peur n’a rien
à voir avec toi

trace :
---- ----
partage   le danger
sopherl! bleibe
am leben für unsere kinder!
ses derniers mots la gorgée
de qui

la vie trop courte pour
boire du mauvais thé :
au salon qui porte ton nom
et le sien ma tisane
arrive   cinq minutes
– parfaitement
vivante.

« Nana » Šida Kolar
(1928 -)

vieille femme   insoupçonnable
a une maison
où aboutit
le tunnel pour approvisionner
sarajevo en guerre sonnante
et faire fuir en forêt

Sept ans : aux coins des rues de Sarajevo les roses giclent. Nana Šida abreuve celleux qui sont passé·es par le tunnel, hommes terre femmes feu chèvres vache. J'emprunte oblique le pont de Suada et Olga, ne respire pas. Là où tant d'enfants ont éclaté se vendent maintenant prunes baklavas agrumes. Les femmes de Srebrenica en expo, noir et blanc le visage du guide. Bono fait monter Inela sur scène : c'est du réchauffé.

•

J'ai réservé une place dans une virée guidée au musée du Tunnel de Sarajevo, Tunel spasa. Dans la voiture qui nous mène à Butmir, au pied du mont Igman, la jeune guide raconte le siège de Sarajevo au *nous* – et je compte mentalement : elle devait avoir cinq ans. Qu'est-ce qui pousse une femme à revenir dans la ville où elle a vécu la guerre pour chaque jour raconter son calvaire ? Et si elle ne l'avait juste jamais quittée ?

Ce musée construit dans ton ancienne demeure, Nana Šida, me fait voir que de ce mausolée que je suis en train de construire, il n'y a que toi – et Inela – qui vives encore. Dans une salle aux murs ouverts, je vois ton sourire, ton foulard, tes grands yeux bleus sur un écran cathodique : une cassette VHS des années 1990, et je me demande si pour vous les souvenirs de ces technologies se fondent à ceux de la guerre, du siège, de la terreur et de la débrouillardise quotidienne.

Je me sens venue ici pour expier mon enfance trop facile, trop douce lors de ces mêmes années : les CFC bannis si vite à la suite de la convention de Vienne et du protocole de Montréal, le recyclage adopté si aisément par ma Ville, grâce à notre pétition à ma voisine et moi, qui sait. Mon attention revient à la vidéo : si j'ai le devoir de quoi que ce soit, c'est bien celui de me taire et d'écouter.

Mais comme j'écris un livre, je ne peux pas m'empêcher de parler – sauf que je peux au moins ne pas parler de moi. Nana Šida, tu es une vieille femme pauvre portant une poule, *tout ce qui vous reste* à toi et ton mari *à part une vache et une maison en ruine* – une maison *shot*, touchée, au centre du secret de Sarajevo : dans ses entrailles commence un tunnel qui relie le village olympique de Dobrinja, dans Sarajevo assiégée, à Butmir, en territoire libre de Bosnie. Un tunnel pour les sauver toustes – pour évacuer les blessé·es, mais aussi alimenter l'hôpital en électricité, les familles en orphelin·es à adopter et en chèvres pour les nourrir, les Sarajévien·nes, en pain et en eau. De ta main, Nana Šida ; et tu cuisines à leur demande les patates échappées des wagons. Les rails, les câbles électriques et les genoux sous l'eau, jusqu'au plafond, parfois, rien à l'épreuve des assiégé·es ni de toi, qui n'es allée *en ville* qu'une fois, quand tu t'es mis par accident de la peinture dans l'œil.

Parenthèse sur le tunnel parce que ça montre l'ampleur de ce que tu caches : creusé en six mois, pendant la nuit, sous l'aéroport occupé par l'ONU, le *tunel kojeg nema*, tunnel qui n'existe pas, pas encore mais ça ne saurait tarder, est entamé par les deux bouts ; quels miracles, quels calculs, quelles écoutes attentives permettent aux marteleurs de se rejoindre au centre, la ville ne saurait le dire, ni la VRS, Vojska Republike Srpske, armée de la République serbe de Bosnie qui intensifie ses tirs en surface par nuit de creusage. Plutôt être sous terre qu'à découvert, à courir sur un terrain vague, à se faire dire de rebrousser chemin par les forces de l'ONU, parce qu'iels n'ont pas obtenu de permission ; plutôt parcourir le tunnel puis arriver au panneau *Paris - 3765 km*, et de là gagner par des tranchées Hrasnica, village aux lumières allumées, Las Vegas pour les yeux morts dans la tête. Plutôt transiter sous terre, loin des radars, la nourriture non périmée et les armes pour défendre la ville.

Le *tunel kojeg nema* dont l'existence s'apprend comme une trainée de poudre - mais où se trouve le bout du tunnel, ça reste le secret le mieux gardé. *Nana*, grand-mère *koje nema*. De ses sept-cents ou huit-cents mètres, toi et tes descendant·es en avez conservé vingt ; avec ma horde de cotouristes je les foule, le dos barré, me disant que, quand même, il m'en faudrait plus si je voulais vraiment dire que j'ai vécu quelque chose.

Viens t'assoir et te reposer un peu, dis-tu quand une femme sort du tunnel chez toi ; une fois rentrée au *Kvebek* c'est dans les commentaires des articles en ligne que je tâtonnerai et lirai que pour certain·es, la véritable entrée, ou sortie, c'est pareil, se situait non pas dans votre maison mais dans celle des Bijelonja, vos voisin·es, qui vous accusent de vous être enrichi·es avec cette histoire et ce musée – *the tunnel and other lies*, qu'iels disent, en forme de film sur lequel je n'ai pas pu mettre la main.

Il pourrait y avoir eu deux entrées au tunnel, il pourrait y avoir eu de l'argent contre de l'eau. Il pourrait aussi y avoir eu, en faisant payer, ou échanger, une simple façon d'assurer survie – et puis quoi alors : j'aime croire en ton humanité, dans celle des autres préservée.

arrivages la bouche grande
des haleté·es sous terre
chèvre sur rails câble électrique pour
blessé·es   gobelets   l'eau
monte fait craquer
ta paume

on sort la gorge soufreuse
de huit-cents mètres équerre,
tu tends les pommes
de terre cuites embrassent
l'émeraude le frais
tranchent – trébuchent

qu'un fichu et le hasard -
bidon de celleux qui se joignent
et piquent l'obscurité
combien de sourires seconde
créent la continuité
d'un *tunel   kojeg nema*

tu es la parfaite grand-mère
brique sans éclats,
plaque tournante
pour tout un vallon dur :
las vegas et ses lumières,
paris et 3765 kilomètres

immense tache aveugle
tu ne fais rien
qu'avoir l'air de rien
assieds-toi
un instant –

je me perds dans une
vingtaine de mètres
trois langues, une seule
histoire est-elle possible
– et si
je m'assoyais cette fois ?

Suada Dilberović
(1968 - 1992)

étudiante en médecine   bosniaque de
dubrovnik
s'éteint   tirée à distance
un slogan pour la paix
pont en pleine gorge
elle et olga sučić, premières victimes
à sarajevo de la guerre de bosnie

La Miljacka est une rivière tranquille, presque à sec, qui traverse la ville de Sarajevo, serpentant plus ou moins dans l'axe de ses voies principales. Elle ne ressemble en rien à la Neretva d'un turquoise profond, qui baigne les montagnes d'émeraude, écrin qui m'a saisie puis habitée tout le long de la route en bus de Dubrovnik à Sarajevo.

La Miljacka ne ressemble en rien, non plus, au Saint-Laurent de ma jeunesse, celui de quarante kilomètres de large et des marées. Mais la Miljacka offre cet avantage précieux d'être traversable, et traversée, plusieurs fois par jour, à pied idéalement. Dans une tentative de me rendre poreuse à l'histoire je foule lentement ses nombreux ponts, m'arrêtant pour la pose chaque fois en plein centre des anciennes mires, s'il y avait encore des snipers tout autour de la cuve je ne ferais pas long feu.

Ces influenceuses qui se font photographier dans leurs vêtements haute couture au milieu de la boucle du pont Festina lente, *hâte-toi lentement*, jouent-elles au conformisme ou à la révolte ? À quelle époque ?

Au centre d'un autre pont, je m'arrête pour cause de plaque commémorative. Toujours je cherche des noms de femmes ; ici la langue me trompe souvent, et les *-a* indiquent plus souvent qu'autrement le génitif masculin, alors que les *-e* sont la marque d'un génitif féminin. Ce pont, Vrbanja, est aussi appelé entre autres Most Suade i Olge, *pont de Suada et d'Olga* ; le pont de deux femmes qui n'ont que prénoms. La raison de leur présence ici doit tenir davantage du fait divers que du fait d'armes, que je laisse échapper en me mordant les lèvres. (Mais a-t-on déjà vu un lieu public baptisé de prénoms masculins seuls ?)

Mon guide touristique m'en dit peu sur vous : *Suada Dilberović was a Dubrovnik-born Bosniak pursuing her medical degree at the University of Sarajevo, and Olga Sučić was a Croat resident of Sarajevo; both were killed by sniper bullets while standing on this bridge during the Holiday Inn peace rally massacre.* Il me faudra mener l'enquête plus tard, faite de bouts d'émissions de télévision filmés et mis sur YouTube, de tentatives de recopies et de traductions.

Suada, étudiante en cinquième année de médecine à l'Université de Sarajevo. Qu'est-ce que tu penses voir, ne pas voir de la douleur humaine ? Alors que je passerai quelques semaines sur le campus de la même université pour une école d'été d'étude de *vas jezik*, votre langue, je ne pourrai m'empêcher de t'imaginer prendre des forces avant l'action, dans un grand écart temporel, devant la murale géante de David Bowie qui viendra d'être peinte entre des bâtiments militaires abandonnés faisant partie du campus. *Fashion changes but you'll always be my heroes.*

Sans pensée pour l'héroïsme, pourtant, c'est défendre ton Sarajevo que tu t'en vas faire, *ideš braniti svoje Sarajevo* en sortant de chez Fahira Hadžiosmanović, où tu habites avec une de tes sœurs.

C'est le 5 avril 1992, et les forces serbes de Bosnie ont installé des barricades autour de la ville – qu'elles les enlèvent et qu'elles se cassent, *da uklone barikade i da se povuku*.

Des citoyen·nes rassemblé·es à Marijin Dvor scandent *ovo je Sarajevo, hoćemo mir*, voici Sarajevo, nous voulons la paix ! Des tirs depuis l'hôtel Holiday Inn, improbable bloc jaune au milieu d'une guerre qui commence, vous entrainent vers le pont Vrbanja. Vous êtes à découvert dans Sarajevo en forme de cuve, sur ce pont dégagé qui enjambe un filet d'eau brune, ton corps traversé par un filet d'eau brune...

Zar je ovo Sarajevo? tu expires. Est-ce que c'est ça, Sarajevo ? J'aimerais te répondre non, la ville que je connais est toute lente et en longueur et pleine de gracieux détours, mais elle reste aussi *ça*, marquée, labourée d'horreurs, et bourrée de temps. Tes derniers mots et la ville continue mais blessée, à bout de souffle, trois ans, huit mois, neuf jours de saignements, qui aurait pu survivre à ça ?

Sarajevo. Mais ton nom, aussi, qu'on pose le premier sur ce pont, *zlatnim slovima*, en lettres d'or, Most Suade Dilberović, puis sur un parc commémoratif à la Faculté de médecine de l'Université de Sarajevo. Une docteure tombe ; un peuple d'arbres reste debout.

tu vas défendre ton sarajevo
c'est la main de fahira
que tu aurais dû garder
mais tu sors   la chaleur
de cent-mille petits tas
de doigts

entre deux tirs un pont
t'appartient brièvement   flotte l'espace
entre deux pas un
– – – – – –
filet d'eau traverse
ton étendard

la médecine t'apprend tout
sauf qu'on saigne lentement et
sûrement
la foule te porte première
abattue d'un bloc
de béton jaune

tu expires : c'est-tu
ça sarajevo ? *hoćemo*
mir ni bleue ni rouge
ni vert béret
sur les yeux,
la paix grave

ton nom,
quelques roses croutées
pendent du pont   désormais
tu le partages
usine de colle dorée
entre les peuples

c’est ça
sarajevo ?

une rose au sol –
je la ramasse la replante
à l’endroit, suada,
avec olga et
pétille au bout des doigts.

Olga Sučić
(1958 - 1992)

fonctionnaire croate   mère
dans une manifestation pour la paix
sur un pont blessée
mortellement par un sniper
elle et suada dilberović, premières victimes
à sarajevo de la guerre de bosnie

J'apprends, Olga, que ton mari et la journaliste Edina Kamenica se sont battu·es pour ajouter ton nom au pont de Suada, et qu'il n'est devenu Most Suade i Olge qu'en 1999.

Aujourd'hui sur la plaque ont été accrochées quelques fleurs, dont une rose bien en évidence, fanée. Je n'ose pas la toucher, la retirer ; tout Sarajevo me verrait. Qu'est-ce qui profanerait davantage vos mémoires : *nettoyer* votre plaque et partir avec l'offrande de quelqu'un·e, ou laisser celle-ci dépérir au vu et au su de toustes ? En l'absence de réponse claire, de surcroit en pays étranger, je m'abstiens. Il y a sûrement des rites qui m'échappent.

Olga, tu as trente-quatre ans, tu es fonctionnaire de l'Assemblée de Bosnie-Herzégovine au bureau de dactylographie. Les manifestant·es se rassemblent devant ton bâtiment ; ça ne peut pas seulement se passer par la fenêtre. Il faut y être. Tu quittes le bureau sans ta sacoche – ce détail jouera-t-il dans la méprise collective sur ton identité ?

Il parait que quand un reporter te demande pourquoi tu es là, tu réponds : *Ja sam majka dvoje djece i branit ću ovaj grad*. Tu es mère de deux enfants – dont Nora, deux ans – et tu défendras cette ville. Je ne trouve pas cet enregistrement vidéo ; mais je tombe sur les propos d'un autre participant à la manifestation, retransmis aux nouvelles télévisées en direct. Tu baignes dans ce sentiment d'injustice et ce devoir de défense, entourée d'autres Sarajévien·nes : Ce peuple, cette nation ne défend plus la Yougoslavie. Cette nation défend sa propre vie, *vrastiti život*, sa vie civique, sa vie civile, *građanski život, civilni život, svoje... svoje slobodu na životi i život svoj djece*. Sa liberté de vivre et la vie de ses enfants.

Postée au milieu du pont, j'entends avec vous des coups de feu – viennent-ils du cimetière juif ou de l'hôtel Holiday Inn, dans la direction opposée ? Peu importe (le cimetière juif sera bel et bien une base pour les snipers de Radovan Karadžić, président de la République serbe de Bosnie à partir de... demain) ; les tirs puis les corps tombent – comment peut-on ? *Comme s'iels n'étaient pas des gens, comme s'iels ne pensaient pas.*

Olga, six hommes transportent ton corps déjà tombé, ton corps inanimé fait les manchettes ; mais la légende dans le journal rapporte le nom de Suada. Ton mari est choqué, car c'est toi sur toutes ces photos – ce n'est pas Suada, ce souvenir de cheveux blonds, les *famous bloodstains seen on television*. Il y a six mort·es, en fait, et le nom de Suada les oblitère toustes. Ta fille Nora pose une question qui dérange : et si tu t'étais appelée Fatima ? Si tu avais eu un prénom d'origine arabe, qui t'aurait immédiatement identifiée comme Bosniaque, au lieu de ton prénom slave, toi qui étais Croate ?

Mais Nora, finalement, *a la force de pardonner certaines injustices* pour que nous puissions toustes avancer ensemble, franchir le pont dans les deux sens *da svi skupa krenemo dalje, bilo da smo Olga, Fatima ili neko treći*. Que nous soyons, nous appelions Olga, Fatima ou un·e autre (troisième). *Tu as été tuée, pour quoi ?!* Pour que *justice te soit rendue*, à toi aussi. Surtout, pour que la Bosnie ne tarisse pas, *i Bosna ne presuši*, dit votre plaque commémorative à toutes deux.

ce peuple défend sa
liberté   dans la vie tes jointures
fébrilent derrière
deux fenêtres d'épaisseur
ce peuple, ta voix
paume jointe

sortie sans sac à main
tu reviens vite
mère de deux enfants tu
défendras
cette ville
sans sac à   bouclier

des coups de feu
du holiday inn ou cimetière snipers
mirent – fenêtre sur inconfort,
inconfort sur foule
grouille chants et mains :
deux   tirs

kao --
da mi nismo ljudi, kao da mi ne mislimo
comme si on n'était pas des personnes, comme si on
ne pensait pas
deux collants noirs comme
quelques mains et jambes :
ton corps d'araignée   lourde

aux bras des hommes
une goutte de ton sang coule, et
la bosnie ne tarit pas

je garde la rivière miljacka
tracé brun sur mes joues.

Inela Nogić
(1976 -)

étudiante couronnée
miss sarajevo
assiégée
au concours de beauté
en pleine
guerre   dans un sous-sol

Inela, j'ajoute ton histoire ici comme une pause dans le paysage qui va trop vite, à la manière dont on va visiter un musée d'art parce qu'on a la tête pleine de musées d'histoire et de tragédies – pensant naïvement que l'art est légèreté, sans conséquence.

Inela, ton histoire, sensationnelle, fait sans doute partie de celles qui ont le plus traversé les frontières ; mais j'étais jeune quand la guerre est passée à la télévision. Si j'avais un souvenir de toi, il était vague : une tête haute aux cheveux courts, un mouvement de banderole. La nuit autour de la scène, trop de grain et de densité à la fois.

Ton histoire, je la rencontrerai après mon premier séjour, puis je l'insèrerai ici, reconstruisant mon voyage après coup. Parenthèse percée à travers la masse épaisse de destins ; quelque chose qui donne espoir et pas en même temps, comme une pièce de théâtre d'Aleksandar Hemon vue en BCS et comprise aux deux tiers. Un escalier de tapis, la proximité fébrile, la concentration sur chaque phrase. Un doux tournis ; sur la rumeur un vernis.

•

Pendant le siège de Sarajevo, *en souterrain, la résistance culturelle s'organise.* Pièces de théâtre dont *En attendant Godot* mis en scène par Susan Sontag, lectures de poèmes, breakdance, concerts, projections de films.

Concours de beauté au centre culturel bosnien : Miss Opkoljenog Sarajeva 93, Miss Sarajevo assiégée. La beauté, l'élégance comme forces qui s'opposent au reste, tiennent droites.

Inela, c'est ta mère, Izeta, qui t'inscrit au concours sans t'en parler, parce que le prix est alléchant : contrat de mannequin, vêtements, voyage à Madrid - voyage pour se sauver, refaire sa vie, en famille qui sait. Ta réaction : *Tu as perdu la tête ?* Toi, plutôt *tomboy*, fan de heavy métal et de motos - tu te laisses convaincre par tes ami·es. Déclares finalement : *Continuing to look good is another form of resistance.* Il faut attirer l'attention du monde sur votre souhait - *juste la fin de la guerre.*

Cacher les ecchymoses, les cicatrices en appliquant du maquillage avant le concours. Ta brulure sur un pot d'échappement de moto, ingommable. Tu gagnes pourtant, souriante, à l'aise dans les bretelles trop longues de ton costume de bain blanc brillant, rayures rose et menthe, un emprunt à ta tante.

Après ton couronnement, toi et les douze ou quinze autres participantes, vous dépliez une grande banderole : *Don't let them kill us*, pour la presse internationale. La beauté est résistance parce qu'elle ne peut pas être tuée.

On te demande ce que tu feras pendant l'année où tu es Miss Sarajevo. *I have no plans, I could be dead tomorrow.* La guerre a fait de vous des ultraréalistes, là où je pense *j'ai tant de plans, je pourrais mourir demain.*

Tu n'es pas morte. Mais tu ne reçois pas les prix promis ; le diner festif est sans cesse reporté vu le danger, puis on t'oublie. Tu rencontres Marco, photojournaliste néerlandais que tu épouses, avec l'accord de tes parents – tu n'as pas dix-huit ans – et vous partez vivre aux Pays-Bas avant la fin de la guerre. C'est là que tu réalises l'impact du concours de beauté. *Door hoeveel mensen jou werd gezien als symbool van hoop* : combien de personnes t'ont vue comme un symbole d'espoir.

En 1995, U2 et Brian Eno (Passengers) sortent *Miss Sarajevo*. J'avais dix ans ; la mélodie m'est familière. Ils tentent de parler de toi, mais pas vraiment. Ils ne sont pas toi. *De tekst gaat zeker niet over onze oorlog, en de muziek is zó saai* – les paroles ne parlent certainement pas de votre guerre, et la musique est tellement plate. Et moi je vous l'impose ; vous en jugerez.

Tu es conviée au concert de U2 à Sarajevo en 1997, une fois que Marco l'a demandé au groupe. Sur place, on t'invite à monter sur scène pendant *Miss Sarajevo*, ou on ne t'invite pas. Une chose est sûre : tu accompagnes le groupe en Crète, un des gérants te pousse dans l'eau pour rire. Tu portais tes plus beaux vêtements. *Impliqué ? U2 s'est rempli les poches sur votre dos.* J'y contribue, tente tant bien que mal de rétablir ton dos, un trait droit, majeur qui sépare en deux : futile/sérieux, ignorance/connaissance, grâce/vulgarité... en même temps qu'il réunit.

À lire sur l'air de *Miss Sarajevo*

c'est-tu le temps
de faire c'que ta mère veut
de pas
te bruler le mollet
c'est-tu le temps
de bleacher tes cheveux courts

d’attacher tes bretelles lousses
c’est-tu le temps
de jouer la femme que d’autres –
treize temps
pour tout déplier
c’est-tu le temps

de leur répondre je
un temps
peux mourir demain
et t’es là
ta beauté dit plus
que t’es là

j'espère que tu –
c'est sûr'ment le temps
de plus rien remporter
espoir
juste parallèle
peut-être le temps

de mordre dans ta couleur
poussière des noms
qu'ils trouvent si durs à dire
c'est-tu le temps
d'être poussée dans' piscine
une scène

où s'inviter
c'est-tu des poches
à vous fourrer dans l'dos
c'est-tu le temps
qu'enfin cette guerre finisse
–
et j'suis là

jeans turcs coupés
culottes courtes
sous les fesses, incapable

de te suivre la beauté
ne dit pas si on meurt demain
et comme elle est fumée

[...]

Femmes de Srebrenica

l'innombrable
survivante du génocide
de srebrenica : mère épouse fille
sœur tante de, juillet 1995
la vojska republike srpske lui arrache 8372 proches
la viole   souvent

Soleil de plomb sur Ferhadija, rue piétonne principale qui traverse le vieux centre, Baščaršija. Une auberge de jeunesse porte le nom de Franz Ferdinand : et voilà que le riff de guitare de la chanson *Take Me Out* du groupe du même nom se déclenche dans ma tête. *Take me out*, sors-moi ou liquide-moi : une fois qu'on l'a perçu, le double sens est obsédant. Avais-je eu la naïveté de croire l'art innocent, surtout ici ?

Pas loin de l'auberge, une *galerija*, galerie d'art qui porte une date : Galerija 11/07/95. Le 11 juillet 1995, début de la fin du monde, qui durera six jours. C'est la date du début de la fin pour les hommes de la région de Srebrenica, qui doivent avancer dans la forêt, escortés par les soldats de la VRS, puis s'y enfoncer pour les fuir, lorsque le massacre commence. J'entre dans la galerie mais je devrais plutôt dire que j'y suis aspirée. Immédiatement, d'immenses photos en noir et blanc évoquent la violence, la perte, la douleur. Cette douleur, c'est celle des hommes mais aussi la vôtre, femmes de Srebrenica, qui avez attendu, pleuré, défendu vos hommes et vos garçons.

Ces photos, faites par Tarik Samarah, fondateur de cet espace, montrent les dimensions de la violence, de la souffrance. Vécues par vous, vos hommes, tout un peuple.

Les crânes, les mains des cadavres retrouvés dans la montagne. À ce jour, 8 372 corps identifiés.

Les graffitis commis par des soldats du FORPRONU (la force de protection de l'ONU), alors membres des Forces armées néerlandaises ; qui protège qui, donc ? *No teeth...? A mustache...? Smel* [*sic*] *like shit...? Bosnian girl!*

Une poupée démembrée, tranchée là où se trouve la bouche, tombée dans l'herbe et couverte de fourmis. Une poupée trouvée là, *with its throat symbolically 'slit' left as a message the night before the excavation of the secondary mass grave began,* dit la légende. Le symbole tout à coup perd de sa consistance, devient redondant. Geste vulgaire, préparant l'inévitable. Menaçant.

Une grand-mère la tête couverte d'un voile, vue de dos, regardant une affiche dans la rue, sur laquelle on voit deux jeunes filles elles aussi de dos, en culottes courtes et dos-nu devant la mer, sur une plage ; c'est l'une de vous, femmes de Srebrenica, à Amsterdam, dit la légende de la photo, devant la maison d'Anne Frank. C'est vous qui regardez les sœurs Anne et Margot grandir, rêver, s'éteindre. Le voile cache habilement votre profil ; il nous faut composer l'émotion qui vous prend, qui vous fait rester sans broncher devant cette affiche, le temps d'une photo.

Un gros plan sur les mains croisées d'une autre d'entre vous, sur son ventre, devant un tablier où sont brodés en ordre alphabétique plusieurs noms de disparus, tous des Ademović. Une bague de mariage à votre doigt ; ce qui saute aux yeux, pourtant, c'est la force des bras repliés sur le ventre, l'effort de garder contre vous, qui déborde.

Je ne peux pas en rester ici. Je prépare mentalement un prochain voyage – qui aura bien lieu, l'été suivant – à Srebrenica, dans l'est du pays, pour me confronter à l'horreur, et à l'ordinaire qui ne peut plus revenir après. D'ici là je lis, vos témoignages en boucle, dans ma langue pour ne laisser aucun flou linguistique autour de l'atrocité. Si je suis venue ici, je ne peux pas ne pas savoir, même si ça veut dire jouer le jeu du tourisme de guerre.

•

Ça aurait dû se passer autrement : il y a des bus de la FORPRONU pour vous évacuer de Potočari à Tuzla, pendant que les četniks, comme vous appelez les soldats serbes de Bosnie, *extrémistes nationalistes serbes*, raflent votre Srebrenica – mais il y a seulement cinq-mille places dans les bus, les soldats néerlandais ont peur pour leur vie et on leur a dit de rester neutres, des soldats de la VRS ont parfois volé leur uniforme. On embarque les mères et les enfants d'abord ; tous les hommes, même âgés même si jeunes encore restent, à moins de se cacher ou de mentir.

Femmes, aussi, devez mentir : pour ne pas qu'elles soient violées par les četniks, vous dites à vos filles de se salir le visage avec de la terre de cacher leurs cheveux sous un foulard ; vous dites aux tout-petits de les appeler *maman* pour les vieillir. Vous faites l'objet, femmes bosniaques, d'une *campagne de viol*, un volet de leur campagne de *nettoyage ethnique*, menée *with the active assistance of the Yugoslav Army and paramilitary groups from Serbia proper* ; enfants, hommes aussi, violés. Le viol, arme de guerre aux mains de tous les camps, et dans ce camp érigé en système.

Pourtant on vous répète que *personne ne vous fera aucun mal, vous n'avez rien à craindre, vous jouissez de la protection de l'armée serbe :* comment être rassurées quand ces mots sont prononcés par un homme qui sera jugé comme criminel de guerre et condamné à la prison à perpétuité en 2017 par le tribunal de La Haye, soit Ratko Mladić ? Mais comment le savoir ? Pour l'instant, il n'y a pas eu de génocide ; pour l'instant, il est général et commandant en chef de la VRS.

Pendant que des femmes serbes vous lancent des roches, vous traitent de *sales musulmanes*, vos hommes sont envoyés dans la montagne, *colonne de la mort* pour tenter de traverser en zone libre. De l'autobus, vous pouvez voir des files de prisonniers marcher le long de la route, reconnaitre votre frère, votre fils, votre mari, assister à leur exécution, parfois.

Vous prenez des mains d'un soldat des biscuits pour enfants Plazma qu'il gruge sans égard pour vos regards dévorants. Vous commencez à saisir le grand plan de manipulation derrière : vous affamer, entraver les soins, vous affaiblir. Et les hommes, six jours en montagne sans nourriture, souvent pieds nus, dans la terreur constante et, surtout, témoins d'horreurs sans nom.

Leurs noms aussi, vos noms parfois, appâts pour l'horreur : les četniks tentent des noms musulmans - vos hommes parlent la même langue, répondent. Se font tuer, ou capturer et instrumentaliser, pour qu'ils appellent leur fils, viens, *dođi* -- la forêt répond, silence. *Men of all ages were killed in Srebrenica - just because of their names.* Sur 8 372 victimes, plus de 8 000 hommes et garçons.

Vous, en association (Les femmes de Srebrenica, Žene Srebrenice Udruženje), vous réunissez tous les 11 du mois avec, brodés, les noms de vos disparus sur des banderoles, des coussins. Lorsque j'y serai, je verrai, lirai des bouts de l'ordre alphabétique vertigineux, au Memorijalni centar Srebrenica-Potočari des victimes du génocide de 1995. Toutes ces tombes, minces, surtout blanches, reflétant la lumière sur des vallons entiers.

Et vous, qui vous couvrez la tête comme toutes ici dans ce cimetière, vous survivez pour quoi, pour qui ? Toutes les réponses, toutes vos réponses coexistent. Cette fois, je me garde une gêne.

tu entends   personne
ne vous fera aucun mal
vois pourtant les lames aux yeux
četniks de ciment nu
des bouches édentées *sales*
musulmanes

la normalité flanche
quel sang uniforme
forpronu sauvera-t-il
tes hommes et garçons en colonne
de la mort nombreuse   l’échine courbe
yeux noirs de monde

six biscuits plazma pour
deux enfants combien de jours
tu ne comptes plus nourris
seulement qu'ils ne sautent pas
des arbres le cou
sur un fil   tranche

tu espères, un mensonge
blanc sur rouge, noir sur joues :
il n'est pas question de s'assoir
dans les camions ne sont pas couverts
on peut respirer regarder aussi
la montagne pétarade   aveugle

tes ismet suljo hasan
tu ramasses   sans doigts dans le fossé

tout le mal fait
en blancs lambeaux d'images
tu le tiens à un fil
contre ton ventre serré

je le passe sous tes doigts
baissés.

Donna « Donkica » Salomona (Salamona ?)
Mira « Amira » Papo-Baković
(1921 – ?)

juive de sarajevo aux mille noms
et mille échappées
du camp :
au combat en forêt
réfugiée chez derviš et servet korkut
nounou voilée de l'enfant musulman

L'empire en pente, courir forcé·es, se renverser la cheville pour toujours. Un monument crie rien n'est juste, rien n'est juste un cri. Je me cache des déflagrations de soleil comme Donna se voile de toute façon ; il faut toujours un tunnel quelque part. Pour moi, c'est la peur de ne pas revenir, de ne pas vivre ici une vie de thé et de cigarettes, dans la sécurité relative des cartons.

•

Sarajevo, la ville où on peut pivoter sur soi-même et voir une mosquée, une synagogue, une cathédrale catholique et une église orthodoxe – pour cela, il faut d'abord trouver le point de pivot. Je l'ai trouvé, dans l'allée où se trouve la terrasse du Rahatlook – gâteau maison, tisane aux herbes du pays – et un groupe de touristes français·es qui chialent, ne se sachant pas compris·es. Au bout, le Musée juif de Bosnie-Herzégovine, Muzej Jevreja BiH, espace de recueillement dans la vieille synagogue, sur la grande allée Laure Papo Bohorete, à peine retiré du trafic de Mula Mustafe Bašeskije.

Je commence cette visite, toujours en quête des noms de femmes. Ce que je vois d'abord de toi, Donna, c'est au deuxième étage, en retrait près de la rampe qui donne sur le vide : une robe courte anthracite à col polo, *camp dress of prisoner Mira Papo*. J'apprendrai vite que tu n'as pas toujours le même nom, et que tu as toujours réussi à te sauver du camp – tu es assurément insaisissable.

Juste à côté, un grand livre rouge, *Dvanaest Hiljada Nastradalih*, *Douze mille victimes*, marqué d'une étoile de David. Suspendu au plafond, un destin comme un avertissement, mais qui donc lit des livres de nos jours ?

Plus loin sur un mur du bâtiment, à distance de ce grand trou au centre du musée, un immense panneau : les *Righteous Among the Nations*, ces gens non juifs qui ont aidé des juif·ves à se cacher pendant la Seconde Guerre mondiale, qui ont accepté les risques que cela comportait.

Parmi ces Justes, Derviš Korkut et sa femme, Servet. Derviš Korkut est conservateur du Musée national de Bosnie-Herzégovine. Il protège la Haggadah de Sarajevo, manuscrit richement enluminé du XIVe siècle, des nazis souhaitant détruire les écrits judaïques. Mais pas que : il te protège aussi toi, Donna, te cachant à Sarajevo pendant quatre mois, avec des vêtements traditionnels musulmans, un voile, un nouveau nom, pourquoi pas : Amira. Tu deviens nounou pour leur petit Munib, tu es *muette*, tu *viens d'un autre village*, pour cacher que tu ne parles pas albanais.

D'où viens-tu réellement, Donna Mira Amira, présence fugace, clignotante ? Je ratisse le web munie de toutes les combinaisons de tes noms, Papo, Papo Baković. Sur ce qui semble être ton certificat du Mémorial des partisans de 1941 (*Partizanska spomenica 1941*), reçu en tant que combattante impliquée activement dans l'Armée de libération nationale et détachements de Partisans de Yougoslavie (*Narodnooslobodilačka vojska i partizanski odredi Jugoslavije*), tu signes Papo Baković Mira – avec un signe de ponctuation non identifié entre tes deux noms de famille. Sur le même document, ton nom officiel est Papo-Baković Salomona Mira. En ligne, sur le site du United States Holocaust Memorial Museum, la copie du document s'appelle *Donna Papo's postwar partisan certificate*. Une chose est certaine : Papo est marqué comme juif, pas Baković.

Le contrôle de tes noms pour échapper aux camps où tes parents sont emmenés puis tués. (D'où tiens-tu cette robe de camp, vue au musée – est-elle même la tienne ?) À Sarajevo, les nazis rassemblent les femmes, mais tu tiens tête – de tes dix-neuf ans, vois les membres de ta famille monter dans le camion. D'où les observes-tu, Donna Salomona Mira, toi que *ta mère a convaincue de résister*, quelle forme prend ta résistance ? Mot flou comme ton identité, banc de brume sur ton histoire, plurielle.

Là ta vie fourche. En 1942, les partisan·es désarment les combattant·es juif·ves comme toi, vous renvoient à Sarajevo sans vos armes. Tu pars te cacher en forêt, que les soldats allemands et les četniks – à ton époque ce mot désigne les combattants serbes profascistes – écument. On ne sait pas trop ce qui se passe (sauf la peur – je n'arrive pas à t'imaginer sans peur, moi qui meurs de trouille à chaque contrôle des passeports), sauf que tu survis, et c'est là où Derviš Korkut te recueille. Après vient la transformation en Amira la nounou, etcétéra. Quel stress constant te bloque la respiration, quelle adrénaline t'empêche de crier la nuit même dans un oreiller ?

Grâce aux Korkut tu obtiens un permis de voyage pour rejoindre ta famille. Tu retournes dans la forêt puis au combat, dans l'Armée de libération nationale et détachements de partisans de Yougoslavie comme *bolničarka zatim referent saniteta*, infirmière puis médecin militaire. Pour toi le temps des retrouvailles et du bon temps n'est pas advenu. Il y a encore tant à faire, à soigner. Aujourd'hui encore, malheureusement, malgré tes efforts, Donna.

Ta vie se prolonge dans une valse-hésitation de pas longs, puis la musique court d'un coup à son apogée. En 1946, tu rencontres dans la rue Servet, qui te supplie : témoigne au procès de Derviš pour dire qu'il n'a pas été complice des nazis, qu'on ne l'exécute pas. Sur le coup, tu acceptes, mais ton mari te convainc de te rétracter : et si on pouvait t'identifier ? Trente années de culpabilité plus tard, tu tombes sur l'avis de décès de Derviš – il n'est pas mort en prison. Tu ne savais pas pour la Haggadah – il le faut, finalement tu racontes tout à Yad Vashem, mémorial pour les victimes juives de la Shoah à Jérusalem. Derviš et Servet reçoivent le titre de *Righteous Among the Nations* en 1994, alors que tu vis en Israël.

Persistance du climax : vos familles, l'entrelacement commence avec toi. Davor, ton fils, accueille des réfugié·es bosnien·nes en provenance du Kosovo en 1999, et rencontre Lamija, la fille des Korkut, par hasard. Lamija a apporté de Pristina le certificat de *Righteous Among the Nations* de ses parents ; ça l'aide à s'installer en Israël pour quelques années.

Ton histoire est la preuve qu'il n'y a pas que les violences qui se multiplient. La générosité aussi se propage, si on est assez têtu·e, à coups de galets, de rides, de ce qu'il faut bien appeler résistances.

ton corps fuit la lumière
du jour gris
est-ce ta robe de camp
courte   écharnée
qui flotte, douze mille
victimes devant le vide

intérieur rouge
deux triangles ne peuvent
te circonscrire
toi forêt sans-abri
roc nourrice
infirmière médecin militaire

ignifugeante
un tour derviš bienfaiteur
rassemble tes noms
toutes ces femmes
dont tu refuses un destin
pour l'échappée

si ce n'est toi toutes les robes que tu portes
insurgeantes
vos descendances renouées
te voient à travers –
le silence doit-il encore
quand tous les arbres s'effondrent ?

le musée juif au peigne fin
pour te reconstruire donna
moi t'aurais-je aussi menée muette
jusqu'à la cache dorée ?

Admira Ismić
(1968 - 1993)

étudiante en économie (bosniaque)
en guerre
juliette de sarajevo
abattue avec son copain boško (serbe de bosnie)
alors qu'iels tentent la traversée
vers le côté (serbe)

Mes bureks quatre brulures jusqu'au toit de la ville, voile maison sur camisole, décalque sur vide spirituel. Seule femme en ascension, cinq têtes de chien se retournent d'un coup. La rakija, eau-de-vie de jus de fruits fermentés, donne l'impulsion : traverser les rues de minuit, le pont des Romains, le sommeil minaret. Bras gourds d'Admira, rêves d'eau courante : pour elle, pour Laura et Roza je dors une nuit de plus, parmi les justes femmes.

•

De retour sur le pont Vrbanja, alias pont de Suada et d'Olga, alias, aussi – je l'apprends dans mon guide touristique –, pont de Roméo et Juliette. Pont qui vous a vu mourir aussi, couple amoureux, puis vous a vu mort pendant plusieurs jours.

Il me faut moi aussi plonger dans le noir et regarder l'horreur. Je m'installe dans ma chambre, les rideaux tirés, devant le reportage sur votre histoire à l'émission *Frontline* de PBS. Devant le fait divers, tout faire sauf diversion.

•

Admira, bosniaque, c'est-à-dire musulmane, ton amoureux, Boško, est serbe, donc chrétien orthodoxe. Quand commence le siège de Sarajevo, votre ville, les Serbes de Bosnie doivent choisir leur camp, et Boško est *simply a kid who was not for the war* : sur qui tu peux tirer ? Certainement pas toi, Admira, ni ta famille. Miša, voisin serbe et ami de Boško, s'inquiète : s'il ne se bat pas, sera-t-il tué par des *local gangs of Muslim extremists* ? On ne peut pas savoir qui le tuera, mais qu'il sera tué, lui s'en doute bien. Est-il confiant de pouvoir réellement te sauver, Admira ?

Miša déserte Sarajevo en emportant des codes secrets de l'armée bosnienne ; Boško, qui n'en savait rien, devient suspect. On le traite de četnik, la police le convoque ; que faire sinon fuir la ville qu'il aime mais qui n'accepte plus sa présence, ni son amour d'ailleurs ?

Ton dernier anniversaire, Admira, le 13 mai, six jours avant le départ. Tu as vingt-cinq ans, lui vingt-quatre. Boško crie : *Est-ce qu'on a du gâteau ? Oui, on a du gâteau aux fruits. Où sont les fruits ? Ils sont l'année prochaine* ; ton humour meilleur rempart qu'un pont, ton humour parce que la suite sera forcément plus noire, le risque d'être attrapée dans les montagnes envoyée en camp de concentration, d'être violée tuée mais avec ton compagnon ? Tu l'aimes et vous souhaites une autre vie, derrière des lignes, devant d'autres. Connaissant ta fin je te vois naïve – mais y avait-il d'autres choix ?

Ismet Bajramović, connu sous le nom de Ćelo, soldat et membre du crime organisé, arrange votre passage. *Boško is a little nervous. Admira isn't.* Les deux côtés acceptent de vous laisser passer mercredi à seize heures. Vous vous engagez sur le pont Vrbanja vers l'autre rive de la Miljacka, vers le quartier de Grbavica – Admira tu dois tenir sa main bien fort, pour le rassurer. En regardant droit devant, vers les montagnes vert-bleu, la nature occupée mais si c'est avec lui, tu peux le faire. Tu peux –

Jusqu'à ce qu'un, deux tirs vous atteignent. Boško meurt sur le coup, face la première. Tu tombes mais ne meurs pas, un court instant, juste assez pour tenter de le couvrir de ton bras à moins que tu aies voulu te protéger d'un tir et nous montrer de quel côté on avait tiré, ton bras retombe sur son dos. Et vous restez ainsi pendant quatre jours, sur le pont, à découvert, là où personne n'ose aller vous chercher – qui a tiré sur vous, d'ailleurs ? Qui a trahi... ? *No definitive conclusions will ever be reached.* L'armée serbe de Bosnie envoie des prisonniers bosniaques récupérer vos corps, sous les feux de toutes parts : pourquoi tirer sur des cadavres si ce n'est pas pour cacher les preuves de qui a tiré en premier.

Votre enterrement, du côté serbe : la guerre se poursuit par-delà les mort·es, dans les rituels et les absences. Le père Vojislav Čarkić ne prie pas pour Admira *vu qu'elle était musulmane*, mais ajoute qu'elle est aux côtés de Boško pendant qu'il prie pour lui. Zijo, ton père, suit la cérémonie à la télévision, sa femme et lui ayant refusé l'invitation – il dit cet enterrement est de la propagande. Heureusement, la mère de Boško, Rada, place sur ton cercueil un chandail de laine qu'elle a tricoté pour toi.

Tu as sûrement froid, parfois, dans ce monde où tu es devenue martyre, Juliette de Sarajevo, où le correspondant de Reuters qui a fait connaitre votre histoire au monde entier, Kurt Schork, se fait enterrer à côté de vous après avoir été tué en Sierra Leone, et où tu es symbole d'un amour impossible - impossible, comme des fruits frais sur un gâteau dans une ville assiégée.

Dans ma chambre devenue étouffante, réprimer un frisson, pourtant - cette envie d'avoir apporté un gilet de laine dans mes bagages, quelque chose de bien bouloché, défraichi, égueulé, un reflet de nos réconforts éphémères.

tu ne   calcules pas le risque   plein
de respirations
votre amour fluide entre
peaux gigognes,
deux allumettes se frottent,
quelle minorité n'est pas en danger ?

traverser équilibre, pourtant :
tire   un trait sur son corps
le premier
- - - - - - -
ton pan de manteau cette blague
les fruits sur ton gâteau de fête

vingt-cinq secondes années
l'empêche de partir   ton arc
----
de bras te survit
le miracle du sursaut
gambade sous les fils
électriques personne pour   vous ramasser

sur son flanc les derniers
feux de bengale,
poignées de sable à la télé
et chandail de laine
fige sur ton cercueil,
les prières amidonnent

vos visages sur les mains
kažu da ljubav može sva
zla pobjediti ali izgleda da
čovjek ne zna to
oružje upotrebiti

iels disent que l'amour peut tout
vaincre les maux mais on ne sait pas
utiliser cette arme
zabranjeno pušenje chante et je
traverse dix fois le pont
de suada à olga, d'olga à suada
oubliant votre amour
mais l'amour.

Luna Laura Levi Papo* dite *La Bohoreta
(1891 - 1942)

première juive de bosnie éduquée
en théâtre récits essais
poèmes judéo-espagnols
elle retrace les femmes séfarades
des générations jouées
par la jeunesse juive

Au Musée juif, tu te tiens droite, vêtue d'une robe fleurie et les cheveux recouverts d'un bonnet stylisé, sur une photo noir et blanc agrandie. Je t'imagine un portrait grandeur nature colorisé sur la grande allée qui porte ton nom, là où se trouve le musée – Laura, La Bohoreta, l'ainée, tu es *la première femme juive de Bosnie à être instruite*, dit la légende, non l'école ne cause pas la ruine des jeunes filles. Il est dit que tu écris en espagnol – toute curiosité langagière me pique.

Je comprends rapidement qu'il ne s'agit pas exactement d'espagnol mais de quelque chose qui ressemble à de l'espagnol avec des *k* et des *ž* – ta langue, le ladino, djudezmo, ou judéo-espagnol, la langue des juif·ves séfarades qui ont été chassé·es d'Espagne l'année de la prise de possession de l'Amérique, exilé·es en Afrique du Nord et dans l'Empire ottoman, qui ont trainé, enrichi cette langue romane sertie, diacritique : *las ultimas mužeres, siempre jir kon il tiempo.*

Ton écriture s'élance revient en boucles, retient appuie fixe, *el discurso oral* à tout prix le figer, pas seulement ce qui a été vécu mais comment il l'a été, chez toi l'idée du legs te traverse entière. Pièces de théâtre, récits, poèmes montrant les classes défavorisées séfarades, ouvriers boutiquiers artisans, performés avec bras postures et voix par l'association de travailleureuses juif·ves Matatja. Au Musée une affiche d'une de tes pièces, *Esterka*, ici en cyrillique, *Естерка*, diminutif du prénom *Ester*, est-il inspiré de la *maitresse juive légendaire de Casimir le Grand, roi de Pologne entre 1333 et 1370* ? De toi qui collectes la présence juive et la rends visible, c'est possible.

Ainsi tu recueilles assembles les romances et poèmes de quatre femmes séfarades, un *buket jorgovana i ružica u nekom polju korova*, lilas et roses dans un champ de mauvaise herbe. Tu *eskrivas, fin ke no disparesen de los ožos las ultimas mužeres de un tiempo, relikvias bivas!* Afin que ne disparaissent pas des regards les dernières femmes d'une époque, reliques vivantes !

À la fin d'un de mes séjours subséquents à Sarajevo, *ton Saraj enchanteur*, ton petit palais, ville que ta communauté appelle *Yerushalayim chico*, petite Jérusalem vu son caractère multiculturel, je dénicherai dans une librairie touristique de Baščaršija ton essai *La mužer sefardi de Bosna*, *La femme séfarade de Bosnie*, en édition bilingue ladino-BCS, que je déchiffrerai tant bien que mal en m'appuyant sur une langue, puis sur l'autre.

Après être née Luna à Sarajevo puis devenue Laura, plus internationale, à Carigrad (ville du tsar, ville de César ; Constantinople, Stamboul), où vous avez déménagé parce que les affaires de ton père Juda León marchaient mal à Sarajevo, tu reviens dans ta ville d'origine. Tu y passeras ta vie, collecteras la présence juive et la rendras visible - dans ta langue et en BCS, sans doute nommé autrement à ton époque.

Jelica Belović-Bernadzikowska publie dans le *Bosnische Post* un article dans lequel elle décrit la femme séfarade de Bosnie comme une femme ignorante et traditionnelle qui garde fièrement les valeurs patriarcales, *neuku, tradiciji odanu ženu koja vjerno čuva patrijarhalne vrijednosti* ; tu réponds par un article, « Die Spanolische », puis par un essai complet, *La mužer sefardi de Bosna*.

Vous avez un éventail de mœurs riches que tu détailles. Ce que vous portez et quand, jusqu'au *tukadu* sur votre tête, ce bonnet de brocart en forme de petit cylindre décoré de cordons et de pompons. Quel *besoin* vous éprouvez *d'agrandir la robe et la famille* chaque année ou presque. Surtout, comment vous êtes toutes un savant mélange de qualités et de défauts, *la mužer de un tiempo, tokada, enbulada, sofrijida, deskonosida* - une femme d'autrefois, vulnérable, couverte, éprouvée et inconnue. Une femme qui conserve la tradition juive tout en allant avec le temps, *jir kon il tiempo*, une femme équilibriste dans les règnes successifs : *oriental, germana, i slava!* Les Ottomans, les Austro-Hongrois, les Slaves ; toujours autres.

Toi qui élèves seule tes deux fils, Leon et Bar-Kobha (ou Kohba ou Kokhba), dès tes vingt-huit ans, après que ton mari Daniel Papo est placé dans un établissement psychiatrique, probable syndrome post-traumatique du combattant de la Première Guerre ; es-tu féministe, Laura ? Bien sûr que oui, toi qui encourages les filles et les femmes à s'instruire, à écrire et développer leur personnalité, *pišu i razvijaju svoju osobnost*, même si tu ne remets pas en question le rapport aux hommes. Dans ton texte théâtral *Dulse de rozas*, une mère et sa fille, ébranlée par une fausse couche récente, préparent de la confiture de roses ; la mère pleure des gouttes de jus de rose. Les joues des femmes engluées, collantes d'avoir tant versé de larmes ; et la douceur, l'envie d'aller boire un jus de rose maison, une *domaća ružica* au café Miris Dunja, *le parfum du coing*. Ou le parfum du monde, *dünya*, à une voyelle près, si on est turque.

Laura, lorsque je déchiffrerai ton livre devant mon verre de jus je comprendrai que tes deux fils sont emmenés en 1941 au camp de concentration de Jasenovac, et tués en chemin. Tu meurs de maladie, cachée, *skrivena*, en 1942 à l'hôpital des Sœurs catholiques de la Miséricorde de Sarajevo ; tu avais vu tes fils emportés mais savais-tu qu'ils en étaient morts ? Cela t'aurait-il brisée encore plus ?

On t'enterre au cimetière juif de Sarajevo, Židovsko Groblje ou Staro Jevrejsko Groblje, sur les pentes du mont Trebević ; il servira de base d'artillerie pour l'armée de la République serbe de Bosnie, la VRS, pendant le siège de Sarajevo. Je me promets d'aller le visiter pour te rendre hommage, sachant qu'il a été déminé en profondeur. En Bosnie-Herzégovine si les forêts et les montagnes semblent si intactes, c'est en partie parce qu'elles sont minées. Que ces mines peuvent dévaler avec les rigoles d'eau et les glissements de terrain qui strient la montagne bien à pic lorsque la pluie tombe dru – rivières orange dont on espère qu'elles ne charrient rien d'explosif lorsqu'elles touchent notre route en lacets.

Au cimetière juif, dommages des impacts des balles aux tombes, dommages du fait d'ajouter la mise à mort à la mise à mort, dommages perpétués par le minage du terrain. Le cimetière devient monument national de Bosnie-Herzégovine en 2004. Toi, tu laisses un œuvre plein, tes mots ladinos une preuve de votre vécu, comment vos héritages vos bouches ont articulé les choses. Comment elles les laissent, un tissage solide pour que nous puissions marcher, droites, et regarder notre hauteur.

toi l'ainée, *bohoreta*
de *la mužer sefardi de bosna,*
carigrad dénoue ta langue
en boucles ladines,
soie noire tresse
l'odeur du levant

chapeau comme navire,
un dekolte un poko libero
la femme élargit
chaque année sa robe,
velours diamant gouttes
jus de rose et

éclats d’obus en attente
aux coins des yeux :
des mères grands-mères *deskonosidas*
reliques vives
écris le cercle de la pauvre
sur les toits de ton *saraj*

tapissé de pages des livres *yerushalayim*
chico les rêves de jeunes filles
sans dot
bouquet de lilas et roses
sur qui roulent les règnes
oriental, germana, i slava!

chacune sait
siempre jir kon el tiempo
avec poudre et souvenirs
maganables :
friable monde au bout
de tes fils   tends

les paupières, expire
en suspens   leur mort
– dures, la miséricorde et
la necesidad de fijar   el discurso oral
quand bien même les tireurs
prendront appui sur ta tombe

je vais,
traduire ce souffle
en mots de charpente-femme.

Roza Papo
(1914 - 1984)

première générale
de l'armée populaire yougoslave
à tresses, combattante
et médecin à la fois   blessée et soignante
au front puis à l'académie militaire de belgrade
professeure

Toujours au Musée juif, sur un tableau intitulé *Jews Pre-War Opponents of Fascism*, une autre Papo : Roza, le menton droit et le visage fier, à côté d'autres militantes antifascistes telles que Hana Ozmo et Cilinka Heinrich. Rien de plus sur toi, Roza ; qu'une vague ressemblance avec Nora Barnacle Joyce, ses paupières dites paresseuses, et pourtant comme pour Nora ce qui transparait de ton visage, c'est *courage*.

Le premier texte qui parle de toi sur lequel je tombe est un poème. L'écrivaine Davi Walders t'y prête ces mots : *I reset legs, / remove shrapnel, cut out bullets. / Sometimes a sip of* rakija, *mostly / nothing. I have learned to do without.* Comment en es-tu arrivée à tout faire avec rien ?

Dès le début, c'est ton lot comme celui de plusieurs médecins, disent les articles qui font ton éloge, toi qui deviendras *la générale à tresses*. À Sarajevo puis à Olovo, actuellement en Bosnie-Herzégovine, tu te rends dans les villages de montagne à pied, à cheval, soigner les malades. En 1941, tu rejoins la sixième brigade de Bosnie orientale – tes compétences pour panser les blessé·es, rendre la dignité, gagner du temps. Sur les routes des cadavres, des enfants aux yeux crevés, des têtes humaines coupées, *leševe, decu iskopanih očiju, odrubljene ljudske glave.*

Les décisions difficiles qui reposent sur toi seule – *amputer la jambe d'un blessé, commencer une opération en raison d'une évacuation, se réfugier dans des abris.*

Déjà ta première de six médailles, la Partizanska Spomenica 1941. Mais pour toi existe toujours un arrière-plan à cette guerre monstrueuse, celle qui t'arrache tes parents, ta sœur et ton frère – difficile de croire qu'il y a aussi là *svojih najlepših dana*, tes meilleurs jours. Car en parallèle même de l'horreur il n'y a jamais eu autant d'amitié, autant de joie, autant de chant, *nikada nije bilo toliko drugarstva, toliko veselja, toliko pesme.*

Kemal Monteno chantera plus tard, en 1976, son amour pour Sarajevo : *Isto plavo nebo poklonilo nam stih*, le même ciel bleu nous a donné des vers – de poèmes. *Sarajevo ljubavi moja* : chanson de toutes mes courses en taxi, je vous imagine la fredonner vous aussi dans un dispensaire improvisé, dans un effort métachronique d'attirer la paix plus rapidement.

Ce menton haut : une attaque aérienne à Ozren et tu refuses de te mettre à l'abri. Blessée au visage, tu perds presque un œil, personne pour te soigner. Respirer : la panique intense, suis-je en train de vivre ça moi aussi, la fin prend donc cette forme-là, pourquoi je n'ai pas de *pištolj* pour en finir ? Respirer. *Tu laves ta plaie, lisses ta peau et muscles déchirés avec ta main, recolles* ta figure. Cicatrices profondes, *duboki ožiljci*, à ton visage de belle docteure, *lepe doktorice*. Ça reste un visage. La photo du musée montre une ombre sur ta joue. Et tu respires.

Née à Sarajevo dans une famille juive séfarade, tu es devenue la première femme générale des Balkans, *pletenice opšivene plemenitošću*, noblesse ourlée de tresses. Avant cela tu as été capitaine de l'Armée de libération nationale et détachements de partisans de Yougoslavie, la Narodnooslobodilačka vojska i partizanski odredi Jugoslavije (NOV i POJ), puis majore, colonelle, générale de l'armée de la République fédérative socialiste de Yougoslavie, la Jugoslavenska narodna armija (JNA). L'armée a changé de nom mais est toujours celle des Partisan·es, dirigée par Josip Broz Tito – celui-là même dont des ami·es parlent avec nostalgie, de l'époque prédéchirements, celui de l'avenue Maršala Tita qui traverse Sarajevo.

Après votre victoire, tu choisis d'aller travailler à l'hôpital militaire de Belgrade, la Vojnomedicinska akademija. Les enfants que tu guéris veulent rester avec toi, leur tante-docteure, *teta-doktorica*, au lieu de rentrer à la maison ; chez toi encore cette résignation à ce qu'il n'y ait rien et le sourire pourtant, la force de faire face à chaque instant, chaque parcelle de l'autre. Je les comprends : tes yeux renvoient quelque chose de déterminé, dans le sens de *résolu* comme dans celui de *déjà tranché, arrêté* ; ta présence est le baume, et bientôt il n'y aura plus besoin de baume. On grandit, et tu deviens directrice, *rukovodilac*, de l'Académie médicale militaire de Belgrade, puis professeure.

À quel point tu es exceptionnelle, mais pas seule ; je découvre une liste d'autres femmes médecins juives qui ont aussi rejoint les Partisan·es, leurs mains leur cœur pour la cause : Lota Ejdus, Berta Bergmann,

Ružica Ripp, Ružica Blau-Frančetić, Klara First, Frida Guttmann, Zora Goldschmid-Steiner, Julijana Kraus-Lederer, Klara Fischer-Lederer, Marija Schlesinger-Brand, Ljuba Neumann, Eta Najfeld-Spitzer, Milica Band-Kun... Treize des trente-neuf femmes médecins juives ont rendu l'âme pendant la guerre. Pas toi ; toi qui t'es retrouvée sur mon chemin et qui chamboules ma volonté de préservation. Il m'aura fallu plusieurs séjours à Sarajevo et plusieurs années à fréquenter ton souvenir pour que, quand éclatera la guerre en Ukraine, je me dise que mise face à une attaque contre ce que je désigne comme mon pays, il faudrait me retenir pour que je ne m'enrôle pas, faisant fi de mon sang trop clair.

de celles qui se lissent
la peau du visage
après l'obus en lieu et place
d'un pistolet,
d'un suicide ta main incapable
de ne pas réparer

incapable des caches
tu es née au centre
d'un cœur, sarajevo entre
les doigts ouverts, croisés
en prière :
que ces jours

les plus beaux perdurent,
que les cicatrices enclosent
ciel, chants
vibrent le froid
des lits d'hôpital
on veut pas partir

te disent tante belle docteure
et *rukovodilac,*
conductrice de la main comme un gant,
des fraiches joues de ta famille
exterminée à la recréation
des cycles

scalpel, chloroforme,
pincement :
yeux dérobés aux enfants
sur la montagne, têtes
comme à des arbres enlevées
ce que tu sauves

ta valeur six fois
frappée
reste
parmi vingt-six docteures
juives debout

quand je ne sais plus tenir
entière je me rappelle
toi, roza :
ou bien c'est la mort
ou bien
c'est la vie qu'on arrache
avant de repartir.

ZAGREB

Zdenka* et *Rajka Baković
(1918 - 1941 et 1920 - 1941)

sœurs de zagreb   antifascistes
torturées   mortes   aux mains
de l'ustaša
état marionnette nazi
leurs bustes dans un passage à l'ombre
qui porte leurs noms

Zagreb déploie son système solaire à ras le sol, sculptures des astres orbites aux proportions d'une ville. Ma chambre pour femmes seulement, surenchère de courage ; mais rien comme les sœurs Zdenka et Rajka, à un portique de la Terre. On lance des pierres sur le premier ministre serbe à Srebrenica lors de la commémoration des vingt ans du massacre ; insouciante je trinque dans une cave avec le barista au nom d'ange, question de rentrer plus tard que toutes et de parler du pape, héros courbe des temps modernes.

•

Je débarque de la Bosnie-Herzégovine et je m'ennuie déjà de la densité de ses repères, de son temps élastique, du gout de la pluie. Dans la rue piétonne devant mon auberge de jeunesse je m'attable à un resto de *ćevapi*, les petites saucisses de bœuf bosniennes servies dans un pain plat et accompagnées d'ognon cru et de *kajmak*, crème à la consistance du Philadelphia. En face de moi un va-et-vient constant au *kino* – en raison du Zagreb Film Festival, auquel j'assisterai une année subséquente, lorsque j'aurai acquis la compétence langagière me permettant de suivre à peu près – et une publicité extrêmement lumineuse pour une banque. L'écran déchire la rétine et permet tout juste de voir un passage qui se dessine, deux bustes noirs appuyés au mur anthracite.

Je finis mon plat – mais pas les ognons – et je vais observer vos visages, Zdenka et Rajka, dans ce passage qui porte votre nom, Prolaz sestara Baković ; les plaques avec vos noms ne disent rien de plus. S'agit-il des plaques posées par l'artiste Sanja Iveković dans le cadre d'*Operacija : grad*, Opération : ville, qui a laissé de la place pour que les Zagrébois·es écrivent aussi ? Vos noms, Sanja les appose aussi, et ceux d'autres résistantes antifascistes, sous des visages et corps de mannequins célèbres. Partout où je cherche les femmes je trouve aussi un travail de mise en évidence par la torsion de l'histoire, mené par d'autres femmes, et j'espère m'y insérer, sans trop démolir. Sanja et son projet semblent à l'origine de votre retour dans la toponymie zagréboise : votre passage, d'abord Balkan prolaz, avait pris votre nom, puis il avait été remplacé par celui d'un homme entre 1990 à 2009, Miškecov prolaz. Désormais *tous vas bien*, dit le graffiti sur le mur d'en face, avec les fautes et tout. *Tous vas bien* quand nous veillons au grain.

Les murs sont avares de détails ; je me rendrai, quelques années plus tard, à la Nacionalna i sveučilišna knjižnica de Zagreb, la bibliothèque universitaire, et consulterai le livre des *Narodni heroji Jugoslavije*, les héros nationaux de Yougoslavie, sous l'œil amusé de deux bibliothécaires avec qui j'échangerai dans une bouette de BCS, d'allemand, de français et d'anglais. Rajka, un article t'y est consacré, toi qui as été proclamée héroïne nationale par Tito en 1953. Pour étoffer – et trouver ta sœur Zdenka – je fouillerai en ligne, dénicherai notamment une page basée sur le récit et les documents de Jerko, votre petit frère. Jerko, mort en 2010, partage son album photo, vous en maillot, vous en sourire – vous deux de profil, regardant la mer au loin de votre ile de Brač, les embruns dans votre dos. Zdenka qui protège de sa main le dos de Rajka, assise. Rajka toute petite avec déjà ce visage d'adulte, de bonne élève qui prédit la mort, un sourire calme en coin. Zdenka qui te ressemble en tous points sur les photos floues. Vos destins, emmêlés, incontestables.

Face au mal, la militance est pour vous évidence. Rajka, tu es admise en 1938 à la Ligue de la jeunesse communiste de Yougoslavie, Savez komunističke omladine Jugoslavije, ou SKOJ. Zdenka et toi, avec vos frères Jerko et Mladen ainsi que votre mère, vous vous impliquez dans la Ligue des communistes de Yougoslavie et le mouvement syndicaliste ouvrier. Contre l'Ustaša, organisation fasciste et ultranationaliste de Croatie, parce que vous ne voulez rien savoir de la Grande Croatie, d'une race soi-disant *pure*, des appels à persécution et au meurtre de Serbes, Juif·ves, Roms, Bosniaques, Croates comme vous. Il est encore impossible de savoir combien seront tué·es : au plus bas trois-cent-vingt-mille Serbes, trente-mille Juif·ves, quinze-mille Roms, cinq-mille opposant·es au régime. Pourtant vous savez déjà l'horreur ; que faire sinon y jouer votre vie ?

Qu'est-ce qui vient avant, votre appartement de Zagreb où ont lieu réunions de révolutionnaires, d'intellectuel·les, d'ouvrièr·es, ou votre kiosque de journaux au 7, rue Nikolićeva, aujourd'hui boutique de bijoux ? Quand votre père meurt, vous achetez le kiosque, et Zdenka en prend la direction. Kiosque à journaux, *trafika*, il deviendra exactement ça, haut lieu du trafic d'information quand, en 1941, l'Ustaša prend le pouvoir et met en place l'État indépendant de Croatie, Nezavisna država Hrvatska, *puppet state* de l'Italie et de l'Allemagne. Rajka, citoyenne italienne, te réfugies à Brač, mais ton *esprit révolutionnaire ne te permet pas de te reposer* : tu reviens, aides Zdenka et Mladen avec le kiosque. Messages, lettres, colis se passent de main en main, du comptoir à la rue ; même les journaux allemands que Zdenka, qui connait l'allemand, achète pour attirer les officiers nazis. Votre appartement est salle de réunion, entrepôt de matériel communiste, bibliothèque de livres mis à l'index, machines à dupliquer, *mašine za umnožavanje*. Tout est double, se double chez vous. Rajka, tu ajoutes à tout ça une tâche de messagère entre Zagreb et Belgrade, où tu ne peux pas t'empêcher de te joindre à des actions mouvements de grève de jeunes.

Vite, trop vite, un messager révèle, sous la torture de l'Ustaša, le rôle de la *trafika*. Le soir du 20 décembre 1941, le Service de surveillance de l'Ustaša, Ustaška nadzorna služba, UNS, vous arrête toutes deux avec

Mladen. Torture, métatorture : vous êtes torturées la nuit, puis amenées au kiosque à journaux le jour ; pourtant vous ne trahissez personne d'autre. Si une de vous laisse échapper quoi que ce soit, la famille entière tombe. Hana Pavelić, qui fait le lien entre la Ligue des communistes et le kiosque, informe d'autres personnes de votre état étrange ; on l'arrête et l'emmène au camp de Stara Gradiška, où elle décède.

Quatre jours plus tard, le 24 décembre, Rajka, tu pars à l'hôpital, où tu succomberas cinq jours après : pneumonie, hémorragies, blessures graves. Les données sont amnésiques sur les causes de ta mort – *amnestički podaci* sur les tortures, on n'attrape pas une hémorragie dans l'air.

Zdenka, tu ignores l'hospitalisation de Rajka ; le matin du 25 décembre, tu sautes de la fenêtre du troisième ou quatrième étage de l'édifice de l'UNS, chutant sur la rue Zvonimirova. Fracture du crâne ; tes cuisses portent aussi des traces de coups avec un objet contondant, *tupim predmetom*.

Vos morts, on dirait vos doublures.

Une autre rue à ton nom : l'*avenida* Rajka Bakovic dans ta ville natale d'Oruro, en Bolivie où vous êtes nées. Deux autres bustes à Niš, en Serbie, graffités du mot шљива, *šljiva*, prune. J'ignore le sens de ce mot accolé à vos courtes vies, meurtries.

votre fratrie autour
d'une révolution : un salon
bibliothèque au ban, un kiosque
à journaux trafic matériel,
toi rajka véloce entre les étoiles, elle
zdenka apprend

comment tu prends refuge
sans jamais t'arrêter
votre travail éternelle
reprographie de famille,
si le terrorisme court entre frères
vous tenez à deux mains

sœurs saisies
par le feu l'ustaša allonge
des cavernes sur vos corps
nuits excavées, jours
antisommeils
torture sur croix

sur quoi
vos deux visages font-ils
ombre ?
rajka sur draps, zdenka sur trottoir
elle la chute toi
la chandelle

vos bustes surplomb
parfait d'avenir solaire,
l'esprit révolutionnaire ne permet pas
le repos, qu'éclatent les embruns comme
les prunes,
où *tous vas bien*

les *ćevapi* s'empilent dans mon assiette et
en quête de la prochaine planète je
pourrais dédier ma vie
à une seule cause, comme la foule
ramène sa glace deux couleurs
aux quelques millimètres de la Terre.

LJUBLJANA

Julija Primic
(1816 – 1864)

bourgeoise de ljubljana adolescente
le haut de son corps défendant
haut-relief
devant les yeux bronze du poète
france prešeren lui dédie
sonnet amour gloire

Quelque chose dans l'air glace : sourires nus, dents d'argent, mèches cancans ? Sans voitures, respirer est si facile qu'on l'oublierait. Naturellement je vais vers Julija et Olimpia, leurs paumes crispées ouvertes, battantes-battues glaise et bronze. Mon auberge trop de jeunesse : Metelkova claque dehors, et ma chambre sent la testostérone quelques secondes inquiétantes avant le sommeil.

•

Sur la place centrale de Ljubljana trône la statue du poète national, France Prešeren. Souvent je ne sais que faire des poètes nationaux, trop poussiéreux l'idée que je me fais de la poésie les mettrait à terre. Seul Gérald Godin sans sa face sur le mur de brique à Montréal, derrière la station de métro me parle. Au fond, peut-être que seuls les mots me parlent, pas les statues.

Dans l'axe du regard de Prešeren, à un faux cadre de fenêtre, ton portrait haut-relief en argile et ton nom gravé dessous. Julija Primic : mon guide touristique te connait comme *sa muse*, *l'objet d'un amour non réciproque*, *tour guides spin romantic tales about how the couple* [*sic*] *met* et soudainement j'ai envie de m'effondrer – mais qu'est-ce qu'ils n'ont pas compris dans *non réciproque* ?

Si tu es condamnée à demeurer vue, même à la fenêtre de chez toi, je me condamne alors à éplucher la poésie de ce fameux, fumeux Prešeren, auteur de l'hymne national, visage sur les pièces de deux euros – j'en cherche une dans mon portemonnaie, je trouve une version électronique de ses sonnets en version bilingue slovène-français. Ses mots te racontent toi à travers ses yeux, ses versions de toi, à travers les gorges de toustes ces écolièr·es qui te/le réciteront. Pourtant il écrit, dans sa *Guirlande de sonnets*, *Sonetni venec* à ton effigie, *strah razžalíti te mi jezik veže*, la peur de t'offenser m'empêche de parler.

Tu aurais préféré ne pas être remarquée mais que veux-tu, un poète te rencontre, le rencontres-tu ou ne le rencontres-tu pas, ce n'est pas certain, mais il te voit à l'église de Trnovo alors que tu es adolescente ; l'histoire dit parfois aussi qu'il est précepteur chez toi, ce même poète, alors que tu as quatre ans et lui trente, mais quelqu'un·e a dû faire une erreur quelque part puisqu'il est bien trop vieux pour toi mais pas autant que ça, seize ans de différence pas vingt-six. À tes dépens tu deviens acrostiche : *Primicovi Julji*, à Julija Primic, et quelqu'un a mal lu son poème *Fidélité de femme*, *Ženska zvestoba*, car la jeune fille *ne montre* même *pas sa joue* à la fenêtre pour le violoneux jouant dessous. Il n'y a pas de couple qui vaille quand l'un prend l'autre pour le *magistrále* de sa vie, et que l'autre préfère regarder ailleurs.

Il s'essaye pareil, demande ta main mais tu refuses, ou est-ce ta mère, Juliana, qui refuse car il n'est ni riche ni bourgeois ? Juliana, qui t'élève seule, sévèrement, depuis la mort de ton père en prison, insiste : c'est Joseph von Scheuchenstuel que tu épouses, fils d'un avocat de Bavière, et avec qui tu auras cinq enfants. L'aimes-tu, celui-là ? L'histoire ne le dit pas. Tes enfants, tes descendant·es, pourquoi n'ont-iels pas retiré ton haut-relief la nuit, dans une reprise de possession de ta vie, de ce qu'elle symbolise ? Que vaut Prešeren si on t'enlève à lui ?

Dans ses poèmes, tu es *en robe exquise à l'église*, tu es une *orgueilleuse fille* qui a *choisi un autre adorateur*, tu lui as été ôtée, *umrla* – morte.

Tu décèdes pour de vrai à quarante-huit ans, d'une grave maladie cardiaque *qui t'a progressivement détruite au fil des ans*. Moi qui ai déjà emprunté la pente descendante du cœur, j'espère que ta vie a été plus que ça.

sculpté les doigts
dénudé les épaules les seins
rougissant du soir – qu'on t'enfile
une guirlande acrostiche et qu'on
n'en parle plus
de prešeren

ta jeunesse ne peut rien dire
qui ne se déforme en poème
terre cuite joue devant
résume ta vie
en un refus,
prolongée

le poète détient
le monde et toi, bouchée
mots roses collantes
au mur des muses
mineures,
une orgueilleuse fille, une aimée cruelle

vie tête d'épingle, trait –
trop tôt sur le cœur fait,
tu m'empruntes un poème
magistral de toi-même :

s'il te plait berce-moi / d'un tercet antidote
arme-moi de césures / si j'ai l'air d'une idiote
que je puisse me rompre / en mille regards discrets

je lève les yeux de mon carnet te vois
à quel moment
on ne t'a pas prise
pour un objet.

Olimpia Pozatti
(? – ?)

danseuse   triestine
modèle
sculptée muse sur le monument
à france prešeren poète slovène
renvoyée en amérique du sud
avec son nom et son souvenir

Après m'être attardée à Julija, j'ose viser la statue de France Prešeren : au-dessus de la tête du poète, la sculpture d'une femme anonyme tient une couronne, *lovorjevo*, *oljčno*, laurier ou olivier, selon les sources et je ne différencie pas les essences.

Victoire, gloire, poésie ; ou paix, espoir : rien ne t'appartient, *la Muse* tient le projecteur, c'est tout. Mais iels ne voient que *toi*, car il faut bien qu'il y ait eu une femme vraie derrière ce scandale, à neuf mètres de hauteur, difficile à cadrer dans la photo mais inoubliable apparemment, une femme nue devant l'église de l'Annonciation ! L'évêque Anton Bonaventura Jeglič demande au maire que la muse soit immédiatement retirée, mais on *te* garde ; chaque soir, *tu*, *scandalous statue*, es recouverte d'une bâche par les citoyen·nes, vite effacer la femme nue de l'image de la ville.

Je trouve ton nom sur la page Wikipédia du monument : Olimpia Pozatti, une danseuse de Trieste. Un seul hyperlien, qui mène à Trieste. Comment une danseuse triestine s'est-elle retrouvée à Ljubljana, à poser dans l'atelier d'Ivan Zajec, sculpteur du monument à France Prešeren ? Comment devras-tu partir vivre en Amérique du Sud pour fuir les ragots et être embauchée quelque part, et lui, travaillera-t-il à l'atelier d'Ivan Meštrović à Rome ? Gagnera-t-il le prix Prešeren pour l'ensemble de sa carrière ? Facile pour plusieurs de dire de toi que tu joues la femme, la passive ; qu'il faut bien que tu aies choisi d'être là, nue...

Soudain une affiche croisée à hauteur d'yeux près du quartier branché de Metelkova : une femme souriante soulève son teeshirt pour montrer ses seins à l'air, et aucune censure, et toute l'hypocrisie du monde.

ville grise sur la peau
ivan zajec lisse tes mamelons
à la spatule la bora
au fond de ta mémoire comme un animal
furieux   répété   de midi
éternalisé

tu es qui au loin
couvre le ciel d'autant
de questions que couve un poète ?
d'ombre : ta branche tentative
de laurier d'olivier, le soustraire
à julija figée d'argile

c'est toi soustraite d'une bâche

femme nue toujours
indécente, danseuse toujours
petites saletés qui tourbillonnent dans
l'univers   et l'univers pour toi sera
ailleurs

je t'entends traine de bronze
dévier la fin d'isadora duncan :
l'art
n'est nullement nécessaire
tout ce qu'il faut pour rendre
ce monde habitable c'est
le corps.

À deux femmes je donne mon meilleur conseil dans une librairie : « *Don't worry about men* », même prédateurs aux buffets des filles ensommeillées. On me parle d'art d'années que je ne connais pas ; de l'Estonie comment penser la Slovénie. Un homme peint les seins de sa femme : autre musée, même regard. Le vin coule manifeste, et dans cette ville où personne ne m'écrase je tiens conseil de femme à femme.

SALZBURG

Susan Sontag
(1933 – 2004)

autrice   intellectuelle
américaine pour la paix
et pour l'intervention en bosnie
met en scène dans sarajevo
assiégée
en attendant godot

Tous les pays ne sont pas égaux ferroviairement parlant. Que faire sinon lire Sarajevo dans un train vide d'âme ? Susan ferait mieux : elle renverserait les machines, se rendrait la plus utile. Hlavní nádraží, gare centrale, ma seule parfaite intonation tchèque. Dans ce voyage, l'Autriche n'aura été qu'un chemin de traverse. *L'immensité : je respire, elle me rattrape.*

•

How can one not go to Sarajevo? It's a privilege to have been in Sarajevo. I didn't want to leave Sarajevo. I am going back this summer to Sarajevo. Mes phrases ressemblent aux tiennes, Susan, qui toutes se terminent par *Sarajevo.*

Mais toi, Susan, c'est la guerre quand tu y es. Intellectuelle militante, les deux pieds dans l'horreur sinon comment en parler, comment oser : Susan, après Hanoï, tu vas à Sarajevo. Faut-il être une femme, écrivaine, Américaine, pour se faufiler, non menaçante, alors que s'il y a quelque chose que la littérature fait c'est bien menacer ? L'art du double, jeu de plein front, ça te connait. Ça te réussit.

Première personne internationale qui dépose le mot : *génocide.* Les autres crèvent de trouille. Tes *fellow American writers* : apolitiques ; les Allemands Günter Grass, Hans Magnus Enzensberger – auteur du livre de poésie *Mausolée* qui a inspiré mon projet : *semblent complètement indifférents au génocide, ou pire.*

Pourtant à Sarajevo ont commencé et le XXe et le XXIe siècles, c'est toi qui le dis. Comment ne pas la voir comme *the most real place in the world* ? Tu y vas à onze reprises pendant la guerre de Bosnie ; la première fois pour accompagner ton fils David, journaliste, qui écrit un livre sur la guerre : *Slaughterhouse: Bosnia and the Failure of the West*. La deuxième fois, Haris Pašovic, homme de théâtre, te demande : voudrais-tu mettre en scène *En attendant Godot*, *Čekajući Godoa*, la fameuse pièce de Beckett, dans la ville assiégée ? Oui, parce que *you couldn't again be just a witness* ; tu dois mettre la main à la pâte, *pitch in*, *and do something*. Faire quelque chose, ne pas rester avec cette peur, assister leur surmontement. *Regarding the pain of others* : le sujet d'un de tes livres ; leur sujet, aussi. Je plonge dedans, sur mon téléphone, dans mon déplacement jusqu'en Tchéquie - au lieu de m'informer comme je le devrais sur la révolution de Velours des Tchécoslovaques.

Ces acteurices chevronné·es qui t'entourent : Ines Fančović, Admir « Atko » Glamočak, Izudin « Izo » Bajrović, Velibor Topić, Nada Djurevska, Milijana Zirojević, Sead « Sejo » Bejtović, Irena Mulamuhić, Mirza Halilović - je les écouterai avec bonheur te raconter dans le film *Don't Cry for Me — Susan Sontag in Sarajevo* de Nihad Kreševljaković, présenté au Bosnian-Herzegovinian Film Festival de New York. Tu réarranges à fantaisie : Pozzo sera femme, le couple Vladimir-Estragon sera triple, nul égard au genre.

Godot symbolisera Clinton, et ne viendra jamais : tu as amputé la pièce de son second acte, contre la volonté de la fondation Beckett. Face à ta mise en scène, *la représentation la moins amusante à laquelle on ait assisté*, leur humour *sombre*, *carnavalesque* ; c'est l'expérience de la guerre qui rentre. Vladimir dit : *I don't think we need him, we're doing fine.*

Qu'est-ce qu'on ferait sans un·e Américain·e ? On vivrait pareil, qu'iels se disent. Mais il y a là quelque chose comme une connivence, presque une camaraderie qui s'installe, quand tu comprends enfin la valeur des Marlboro que tu poses nonchalamment à côté du cendrier, des petits pains que tu rapportes du Holiday Inn pour l'équipe, pour Estragon qui mastique une carotte qui n'existe pas, une bouchée de pain à la place, qui tient vivant·es. Tu choisis d'aller sans gilet pare-balle ; *stvarno je ona nekako jedna od nas*, tu es en quelque sorte vraiment l'une d'elleux.

Le feu des snipers, les tirs d'obus, le manque d'eau, de nourriture et de sommeil à braver chaque jour pour aller à la pratique de théâtre, c'est ce qui donne normalité aux jours, sens aux nuits ; as-tu eu besoin de te convaincre que ta juste place était là ? Le Pozorište Mladih, Théâtre de la jeunesse, est éclairé de chandelles de La Benevolencija, association juive qui s'est donné mission humanitaire pendant la guerre. Toi, tu ne sais pas d'où sont sorties ces chandelles ; on ne peut pas en demander d'autres, et elles sont toujours déjà là.

Il y a quelque chose de rassurant dans ta naïveté ; l'intellect ne peut pas tout. Mais l'intellect peut énormément. Émergent de Sarajevo des thèmes, d'autres paires, que tu développeras : esthétique/politique, puissance/impuissance, langage/réalité.

Après tout, ne serais-tu pas la véritable plume derrière *Freud: The Mind of the Moralist*, attribué à ton mari ? Tu sais *tout écrire à partir de rien.*

La pièce ? Un franc succès. Toutes tranches de population, blessé·es comme debout y assistent : n'oublieront jamais. Pendant la guerre, *when something is good, it's a hundred times good. The psychological importance is huge.* Tu as volé l'espace médiatique pour le livre de ton fils, qu'est-ce que c'était déjà. Vous vous montrez de bonne foi – pas besoin d'une autre guerre. *C'est ma guerre, pas la tienne* : ne pas aller là.

Tu es faite citoyenne honoraire de Sarajevo pendant la guerre. Depuis ton décès, le square devant le Narodno Pozorište, Théâtre national, pas très loin du Pozorište Mladih, porte ton nom : Pozorišni trg – Susan Sontag. David a considéré l'idée de t'enterrer à Sarajevo ; comme tu dis, *in Sarajevo there are only matinees ; hardly anybody goes out after dark.* Heureusement, Susan, j'ai pu arpenter Sarajevo de nuit, seule ; maintenant on entre dans un tunnel, dont je ressortirai à Prague.

il n’y a pas de *sutra* de demain qui tienne
tout ce monde affamé
ensemble un théâtre
bouts de chandelles : la benevolencija, il te faut
agir   tout   écrire à partir de rien
le risque d’être utile

ništa, rien – dire le génocide la
ruine artificielle
dans l'espace   entre   deux bouchées
obus et sentiment
le danger
ne može da se uradi   ne peut être fait

rien d'autre que te demander pourquoi
tu es venue à sarajevo
seule c'est
qu'il n'y a que des matinées
dans l'endroit le plus réel
du monde   le début

des siècles la nuit
ne viendra-t-elle donc jamais
la peur applaudit l'extérieur
à tout rompre des voix
disent la normalité   *nekako jedna od nas*
en quelque sorte l'un des nôtres   mi-   lumière

will this trip appease a longing?
chaque jour je m'abreuve à sebilj espérant
any longing.

PRAGUE

***Božena Němcová* (née *Barbora « Barunka » Pankel*, tchéquisé en *Panklová*)**
(1820 ? - 1862)

écrivaine   phare tchèque
émancipée à une époque impossible
contemporaine puisant
dans le passé son folklore, sa langue, toute
la bienveillance
d'une grand-mère, *babička*

Jouer à la pétanque en français dans la cour, ne pas comprendre les poèmes tchèques sur un bateau. Je cherche des écrivaines, me frappe la logique, constellatoire : rues plaquées *básník*, *poète* en tchèque, boutiques débordant de Božena et Sarah ; roman de grand-mère dans un carré de soie. Les maisons cubistes ne montrent pas toutes leurs visages.

•

Je trouve ton nom, Božena, sur une couverture de livre, dans le même présentoir qu'une traduction en tchèque d'Anne Hébert. Je vais au salon de thé, parfum de poussière et de chicha, rai de couleur qui traverse la Tchéquie en diagonale.

C'est plus tard que j'apprendrai sur toi, d'abord en lisant ton célèbre roman *Babička*, autour de *la vraie incarnation de la sagesse, de la gentillesse du peuple tchèque* : ta *babička*, ta grand-mère, Magdalena Novotná, qui vient à Ratibořice s'occuper de toi, de tes sœurs et frères, pendant que ta mère travaille au service de la duchesse Kateřina Zaháňská, que d'aucuns·es voient comme ta vraie mère. Entre toi et ta grand-mère, entre ta petite alter ego Barunka et sa Babička, *setkaly se dvě lásky, které na sebe čekaly* : la rencontre de deux amours qui s'attendaient.

Entre toi et le peuple tchèque aussi : tu deviens *symbole de fierté nationale, d'amour de la langue maternelle et des terres tchèques* dès l'occupation nazie. Tu écris en tchèque. Mais avant, était-ce un passage obligé que de *develop a great liking for German books, and consider Czech literature and the Czech language unrefined*? Je partage ton talent pour les extrêmes, moi qui ai d'abord craché sur le français québécois pour me transformer en son ardente défenseuse. Il fallait peut-être pour ça un monde de découvertes odorantes, de *tendres fleurs des confins et des prairies de notre chère patrie*, un serpent ailé venu à toi, en une tresse de feu. Le familier, son bousculement intime.

Quand ton fils Hynek meurt à quinze ans de la tuberculose, tu cherches à ramener à la vie l'univers de ton enfance. Sans le savoir tu mets en place le *pilier sur lequel s'édifie la littérature tchèque moderne* ; sans en profiter, car le cancer t'emporte sept ans après la publication de *Babička*. D'autres choses que tu ne verras pas de ton vivant : que Milan Kundera dit de toi que tu es *la mère de la prose tchèque* ; que ton portrait orne le billet de cinq-cents couronnes ; que *Babička* est traduit en trente-et-une langues, dont la mienne.

Dans un an je reviendrai et prononcerai mal ton nom de famille dans une classe de français où je serai invitée : *le* c *se prononce /ts/*, me soufflera-t-on doucement, et les visages des élèves éclairés comme le mien s'ils avaient étudié Anne Hébert. C'est cette lumière sur les visages qui m'entrainera vers Česká Skalice sous la neige de décembre, pour visiter le Muzeum Boženy

Němcové – seule, ouvrir la lumière de chaque salle, prendre des notes, éteindre en sortant. Les pieds gelés sous les pastels.

Je te vois danser au Steidlerův hostinec lors du bal des Dahlias, où tu as été couronnée reine, dans cette salle au plancher de bois, aux piliers acajou doux comme la lumière, vert pâle des murs, du plafond. *Symboles de renaissance nationale, de patriotisme* : le dahlia, toi – *as long as you could dance!*

Car ici ton patriotisme éclabousse la maison, il est plus que conte de fées inspiré du monde slave : il est croyance en l'identité slave et étude du russe, du bulgare, du serbe ; il est ton premier poème, *Ženám českým*, *Aux femmes tchèques* ; il est ton nom tchéquisé, de l'allemand Barbora Pankel en Božena Panklová, puis Němcová après ton mariage avec Josef Němec, qui partage tes convictions, lesquelles vous forcent à bouger sans cesse, pour fuir la police de l'Empire austro-hongrois.

Femmes tchèques, mères tchèques ! / Faisons une promesse et respectons-la : / pour le bien de notre chère patrie / sacrifions toutes nos forces ! Quelles forces as-tu sacrifiées, Božena, toi dont la fin sera marquée par l'extrême pauvreté ; toi qui incarnes dans tes œuvres le presque sauvage, *pourquoi devrais-tu enchainer ta liberté dorée ?* Tu crées comme de source, comme tu noues des liens avec une multitude d'hommes brillants comme toi, comme – tu es unique, Božena, tous les destins météoriques pliés dans un petit corps. Le professeur Ondřej Hausenblas te dit *pas féministe* ; les lecteurices en jugeront. Si tu touches tant, c'est qu'*on pourrait dire que tu es notre contemporaine*, avec ta ténacité à vivre de la littérature, à vivre indépendante.

Il y a cependant tes personnages féminins dans *Czech Fairytales*, que je commanderai plus tard et lirai avec déception : femmes qui se noient bêtement au début du conte qui porte leur nom, qui tombent amoureuses plus de force que de plein gré, qui sont *exceedingly beautiful but* [*sic*] *black as coal*... Qui se bardent d'*exotisme* – tu n'as pas pu réécrire tous les récits, laisses des lignes de faille. Comme nous toutes, peut-être moins.

Ton mariage avec Josef Němec se délite ; *vos caractères ne sont pas faits l'un pour l'autre*, euphémisme pour *il se met à te crier après*, et *quand tu cherches à protéger ta fille Dora, il te frappe*. Spirale de violence dont tu laisses des traces dans tes lettres à tes amants, tes *quatre grands amours* mystérieux parmi tous tes interlocuteurs : Josef dit tu es trop *idiote* pour écrire, mais il ne te laisse pas écrire – *tu devrais plutôt vendre des allumettes*, non ? Tu lui mords la main ; vous divorcez, d'un accord mutuel.

Mais alors que je viens d'éclairer ce qui est peut-être ton bureau, rideau de dentelle au vent, *all around is silence, there is nothing lacking but the sound of a stage coach stopping under the windows*. Je me sens *šťastná to žena*, femme bienheureuse ! ; c'est ainsi que tu choisis de terminer l'histoire de ta *babička*, comme en un désir de te convaincre toi-même, que tu l'es aussi. Parce qu'à travers ces périodes parfois sans nourriture, cette incapacité à vivre de ta plume, ce désir de fuir en Amérique, il y a des jours diaphanes, un port aussi droit qu'une trajectoire, un visage qui ne ment pas. Il y a sept-cents lettres à ta sœur Adéla, à tes amies, tes nombreux amants, ton mari : des chargements de poussière tendre, soleils.

Et au restaurant, alors que mes pieds picoteront de soulagement, je me demanderai si j'aurais le courage de me consacrer autant à l'écriture, de devenir prêteuse, dévideuse de savoir jusqu'au fond. Après une soupe au *paprika*, je pense bien pouvoir coexister avec la littérature comme toi, Božena, parce que *this tale is never too long to tell you now*.

un papier lisse,
peint d'amandes fleuries
béantes, trois minces
tiroirs craquent de lettres
à clé : le soleil frappe libre d'or un
verre de *rosolka*

de sainte à dérangeante le corps-
fossé du *prašivec*,
serpent ailé arc-en-ciel
mets le feu
aux convictions, couds des contes
à la pointe des *háček*, diacritiques

traces aux petits un avenir *too long to tell you now*
children   qui tienne
dans la mâchoire d'une
grand-mère, ce qu'il faut
pour la souveraineté : idées   limites
désir de dépasser

pas-d'ânes et pattes-d'oies,
petites vies valsent cognent
poussent une forêt tchèque un bal
hors du sac médecine
ton port de reine
des bois

acajou piliers vert
tendre fleur des confins :
trois temps, *four great loves –*
šťastná to žena!
une diligence sous ta fenêtre et
tes chaussettes

percées de neige

la première tempête passe
un train dans mes cheveux,
je désinterromps
la lumière   dans chacune
de tes pièces, ta
lumière.

Sara Marie Henriette Bernhardt* ou *Henriette Rosine Bernard*, dite *Sarah Bernhardt
(1844 - 1923)

peinte par le tchèque alfons mucha
sur affiches art nouveau
la divine comédienne, première star internationale
met son rythme lyrique au service des
femmes et hommes qu'elle interprète
des soldats mourants   poètes crâneurs   dieu

Prague est Art nouveau et si j'y reviens constamment ses pastels courbes y sont sûrement pour quelque chose. Si on ne peut plus évoquer les branches, les feuilles, jusqu'aux grappes dorées sur les façades glauques ou tilleul, que vaut l'architecture ? J'ai envie de sortir le bras par la fenêtre convexe d'un hôtel et de battre pavillon Sarah Bernhardt – égérie d'Alfons Mucha, peintre de ses affiches de théâtre où elle apparait dans toute sa longueur, reproduites sur foulards de soie.

Ainsi agitant un mouchoir je reproduirais le geste que je t'imagine faire de la fenêtre de ton wagon, que dis-je, de ton train alors qu'il entre en gare de Montréal, lors d'une de tes visites qu'étoffe Michel Marc Bouchard dans sa pièce *La divine illusion*. Je verrai Anne-Marie Cadieux te jouer dans la grandeur de tes excès au Théâtre du Nouveau Monde, le rideau tombant soudainement alors qu'elle sera sur scène, en pleine réplique – *un·e spectateurice a eu un malaise*, et iels reprendront comme si de rien n'était, après que nous aurons pris le temps de constater notre nombre et le peu d'allées qui mènent à la sortie. Après que j'aurai réalisé qu'Anne-Marie Cadieux a aussi joué Molly Bloom, personnage de James Joyce dont on dit qu'il est en partie inspiré de Nora. Le voyage tire à sa fin.

Revenons à Prague. Au Musée Mucha, Muchovo Muzeum toutes ces affiches me renvoient dirait-on ton refus d'être Muse : plutôt *le héros, Lorenzaccio ! Hamlet ! L'Aiglon !* Tu veux jouer des rôles *intellectuels* ; ce sont les rôles masculins. Je me dis que tu aurais aimé la compagnie de théâtre de Takarazuka, au Japon, où des femmes jouent tous les rôles ; semble-t-il qu'en 1975, on y monte une pièce, ラムール·ア·パリ、*Ramuuru a Pari* (*L'amour à Paris*), dans laquelle Hatsukaze Jun t'incarne.

Ce que j'aimerais par-dessus tout c'est un musée à ton nom, un musée pour tout ton passé que d'aucuns·es disent inventé, un musée où une vie entière ne tiendrait pas. Un musée avec dans chaque salle un cri de toi, trois évanouissements, une quasi-mort sur scène – et si on recommençait ? Une salle centrale avec ton *groupe*, sculpté *avec une ardeur folle* et présenté au Salon de 1876, à Paris : mère bretonne et son enfant noyé, rappelle une piéta ; avec ta peinture, rien de moins que deux mètres de haut : *La jeune fille et la mort*. Lisant ton autobiographie je comprends à quel point *être quelqu'un·e, tu voulus cela*, et tu le devins : *la première, la plus célèbre, la plus enviée*. Sarah, indomptable sauf par toi-même, sauf lorsque tu t'accordes toute indulgence ; Sarah à la constitution fragile, te pousse sur scène ton corps puissant, endurant, *à ton service. Grâce, mystère, piquant.*

Sarah comme idéale pour la voyageuse qui tire son corps, tracte autant de destinées à la force d'un cœur malade : chaque jour est le dernier et fait craindre pour ta vie. Le soleil écorche le château de Vyšehrad et j'imagine que toute ta ménagerie entoure le cimetière comme d'une reine : guépard, chien-loup, caméléons, singe, ta royale tortue Chrysargère, sertie d'or et de topazes multicolores, sa servante Zerbinette, mortes dans un incendie – tu t'entoures du drame, le sers.

Qu'est-ce qui est vrai ou faux dans l'histoire de ton père, qui meurt tôt, *à Pise, dans des conditions inexpliquées* ? De ta mère qui *préfère visiblement* ta sœur Jeanne, de *tes colères qui ressemblent à des accès de folie* ? Ta mère te place en pension, puis dans un couvent, où tu manges des yeux le paysage changeant les bêtes, où tu fais ta boss des bécosses avec les autres enfants. Ta devise, à imprimer sur du papier à lettres : *quand même*, tu le referas, sauter par-dessus le fossé, si on te défie, peu importe que tu t'y pètes la gueule, que tu y prennes gout. *Tu feras toute ta vie ce que tu veux faire* – sauver une fillette de la noyade, *devenir mystique, pousser tout à l'extrême*. On m'a déjà dit la même chose ; c'est vrai, mais moins que toi.

Tu souhaites être religieuse ; tu es comédienne, infirmière improvisée lors de la Guerre franco-prussienne, muse malgré toi poursuivie par des étudiant·es fanatiques, les Saradoteurs. Qui peut aujourd'hui se vanter de n'avoir eu qu'une vie de toute façon ? *Et tu es heureuse à mourir de joie, parce que tu étonnes.*

J'aimerais étonner autant que toi mais ça me semble épuisant, vouloir *ne jamais créer de l'irréparable* mais *faire croire au monde entier* qu'il est arrivé, grand écart que tu fais en dormant dans un cercueil *en bois de poirier et de rose, tout capitonné de satin blanc, tapissé de lettres d'amour et de bouquets fanés, juste pour savoir si on t'aime vraiment.* Est-ce la raison pour laquelle on part en voyage, se met en scène, et rafraichit constamment ses applications de messages après avoir publié une photo de terrasse européenne #laviefaitpasdecadeaux ?

Non, que l'on soit admirée des plus grands (Victor Hugo qui t'écrit des vers sur un crâne, Edmond Rostand qui te compose un sonnet) n'a aucune incidence sur la fin : un projet de greffe de queue de tigre, mais une réelle amputation, d'une jambe. Tu continueras à jouer, assise, saluant debout, sans appui. De ton obstination finale je tire ta plus belle leçon : il faut vivre à sa manière, au *rythme lyrique* de son pas et de sa voix. Car *le sublime, c'est tout de même mieux.* Rien ne sert de se diviser intérieurement : la bien-pensance, ce que ça peut être étouffant. La soie, bien plus d'adon.

Alors que je prends le bus qui me ramène dans le village de mon amie, à une heure de la ville et beaucoup moins de lumière, je t'imagine dans le reflet de la vitre, en visite aux États-Unis, admirant les inventions de Thomas Edison, le *roi de la lumière*, et le pont de Brooklyn, inachevé, qui te rend *fière d'être un être humain quand on pense qu'un cerveau a créé, suspendu dans l'air cette effroyable machine qui supporte tout cela évoluant ensemble dans le vacarme de la musique des métaux qui crient, grincent, gémissent, grondent, sous l'énorme poids des gens et des choses. À ton époque de vélocité, il n'y a plus de place* pour *se retirer en soi-même.* Que dirais-tu de notre époque ? Quelle hyperbole pour *vélocité* ?

Déjà dans ma tête je suis à Montréal, où à ta première visite, *sous vingt-deux degrés de froid*, un certain Louis Fréchette te récite un long poème ; des étudiant·es entonnent pour toi *La Marseillaise* contre l'avis du clergé. Vingt-cinq ans plus tard, à Québec, face à une population convaincue que tes pièces sont immorales, tu oses – peut-être : *Vous avez progressé au cours des vingt-cinq dernières années, mais à... reculons.*

Tu n'as pas idée à quel point je le réécrirai, ce voyage, en reculant, avançant à l'arrière pour vous rapailler toutes, faire de vous des étoiles de fourrure dans un livre ciel mouvant, tissé. Votre histoire, celle des associations d'idées qui joignent les mains, forment une couleur.

tu es quelqu'un, tu voulus cela
cette divine illusion
que la vie est un théâtre non la vie
n'est que soi   à queue
de tigre   une ménagerie
toute fièvre dehors

rugir   quand même :
mère préférant visiblement
ta sœur, père mort à pise
dans des conditions inexpliquées
tu étonnes   sculptes
lit cercueil   cheveux d'étoupe   tortue d'or

tout t'est permis tu es
un personnage
greffé de noms-choses sinueuses
oscar wilde t'appelle   serpent du vieux nil
qui s'enroule et crée l'espace
bras de rêve de chair   pour edmond rostand

un lac de reine soudain
il n’y a plus de place :
que ton ampleur fatidique
de colère révolution
arabesque, pastel fane
la lumière électrique

jusqu'à la syncope souffler l'art
en jets de sang
pâlis sur leurs épaules copies
à toi   tous les fards
que tu portes
le coup ou l'épée

à notre époque de vélocité
si belle... parce que cela change toujours
ce n'est pas que tu participes
de l'éternité c'est que
l'éternité tient
de toi   devenue la plus enviée

de toi   debout

oserai-je à ton exemple ne jamais créer
de l'irréparable ?

mais originales sans le vouloir,
nous ne trouverons jamais le bonheur
dans le calme
nous le créerons toujours
sous l'énorme poids des gens et des choses
le retard le recul le joug –
sublime et
réparable.

Zdeňka Hejduková*, née *Šmejkalová
(1914 – 1945)

jeune tchèque tuée
raison   inconnue
par les nazis dans une maison
de vršovice   prague
une plaque porte
ses noms   fleurs   couronne

Prague sent déjà Montréal : granola, plastique, Javel. Sur la plaque de Zdeňka je lis *naquit* au lieu de *nazisme* ; mon tchèque, un timbre demandé à cinq minutes de la fermeture. Une manif anti-immigration fait des ronds dans mon thé ; le passé prisme fort solide. Je prendrais encore des pages – j'en referai.

•

Dernière soirée du voyage, à Prague, mon amie m'emmène aux endroits classiques : resto végétarien indonésien, bar extrêmement graffité, soirée de poésie sur un bateau. Amarré, mais qu'importe. Je n'en parlerai pas, car je m'arrête avant : dans la rue Kozácká, une plaque à Zdeňka Hejduková, un dernier nom de femme et puis s'en va.

Abattue par la Gestapo au 19, rue Niská, devenue Kozácká, le 11 janvier 1945 – à ton domicile : incapable de savoir autre chose sur toi que ta mort, je suis passée par la voie des archives, et des intermédiaires qui savent les déchiffrer, les traduire.

Tu es née à Planá nad Lužnicí selon ta carte de séjour, à Příbram selon celle de ton mari, Antonín Hejduk ; mais comme *Planá nad Lužnicí est également mentionné dans le dossier de mariage cette information peut* probablement être considérée comme correcte, *pravděpodobně za správnou.*

Ta carte mentionne, en guise de profession, *povolání : (opět) v domácnosti*, (encore) à la maison. Et que tu n'es pas juive : *nebyla Židovka*. La parenthèse, la négation. Définir une femme, ses (im)possibilités.

Il faut ton dossier de mariage pour apprendre ta réelle appartenance religieuse (*vyznání římskokatolického*, catholique romaine) et ta nationalité (*české*, tchèque). Le mariage comme preuve de tangibilité. Tu existes, mais *aucun des documents trouvés* sur toi *n'indique que tu avais des enfants*. Tu divorces en 1944, et Antonín se remarie en 1945. Votre divorce, accordé par le tribunal, est un divorce volontaire de la table et du lit, *dobrovolný rozvod od stolu a lože* – une expression idiomatique tchèque. Qui garde la table, qui garde le lit ? Les divise-t-on en deux, à la scie, puis la nouvelle et l'ancienne épouses font comme elles peuvent avec leurs tables à deux pattes ?

Ton acte de décès *ne contient pas de détails sur les trois quarts des circonstances de ton décès*. J'aime que les circonstances puissent être quantifiées – une tarte aux pommes, un exercice de mathématiques. Un petit dossier, *drobný spis*, existe auprès de la police de Prague II mais *ne fait malheureusement pas la lumière sur ton décès*.

Le dossier de ton avis de succession ne contient que ton acte de décès, *car tu étais* tout à fait pauvre, *naprosto nemajetná*. Absolument démunie. Sauf pour une plaque, et ce poème.

Heureusement tu fais partie des vingt-sept *odbojářky, válečné oběti*, femmes résistantes, victimes de la guerre répertoriées par Kristýna Pellarová au nom desquelles une plaque ou un buste ont été posé·es, une rue a été (re)baptisée. Vous devez être plus que ça. Vous serez toujours plus que ça.

onze janvier prend
aux os l'humiliation
entre fétide chez toi
et ressort une mort
sur l'inconscience
des indices

tu as l'histoire faite de point-
illés d'espace tremblement
ai-je eu des enfants
pourquoi ai-je divorcé
de table et de lit
qui m'a fusillée

étais totalement pauvre
n'étais pas juive
étais   (encore) à la maison
ton lieu de naissance pourrait
être considéré comme correct
est-ce qu'

une vie sans aucun détail
en vaut la peine ?
tes jours font
parenthèse et pardonne-moi
de voir ce qui dépasse avant
le cœur

des explosions :
pour l'histoire, que l'histoire raidisse
tes dentelles de table
en fasse quelque chose
de lisse qui
ait posture livre

moi qui cherche des raisons
pour poser couronnes
et rubans, rappelle-moi
zdeňka
que tu es couronne dense,
ruban noué, que je n'ai pas
à inventer parce que

c'est en parlant de nos connues que
nous retracerons ensemble
les parfums et visages

du deuxième mausolée.

GENÈVE OU ZÜRICH

Pavillon dressé après le voyage où il ne s'est rien passé de grave : mon costume. Partie en garçonne délabrée, revenue en volants seconde main, j'incarne tour à tour vos moments rapportés, parce que je le peux bien. Je suis l'écrivaine tchèque, les sœurs révoltées, la générale-médecin de Tito ; je suis la sculptée vivante, l'Américaine aux nombreux passages, l'innombrable de Srebrenica ; mais je suis aussi laissée en vie, laissée en âge. Mes formes sont désormais multiples, et rien ne dit non plus que vous êtes fixes depuis votre éclat, votre échappée, votre disparition.

Après tout, vous vous êtes entrelacées d'une façon inédite en cet été 2015. Cette couronne, je la porte haute pour vous.

SOURCES DES EXTRAITS CITÉS DANS CHAQUE SUITE

Pour obtenir une bibliographie complète,
veuillez contacter l'autrice à aimee.levesque@tuta.com

Nora(h) Joseph Joyce, née Barnacle

Brossard, Nicole. (2003). *Je m'en vais à Trieste*. Trois-Rivières : Écrits des Forges.

Joyce, James. (2014 [1922]). *Molly Bloom*, trad. Jean-Marc Dalpé. Sudbury : Prise de parole, collection Théâtre.

Joyce, James. (2013 [1922]). *Ulysse*, traduction et édition sous la direction de Jacques Aubert. Paris : Gallimard.

Maddox, Brenda. (1990). *Nora : la vérité sur les rapports de Nora et James Joyce*. Paris : Albin Michel.

Mozart, Wolfgang A. (1787) *Don Giovanni*, Atto primo, Scena terza. Disponible sur DM's opera site.

O'Connor, Nuala. (2021). *Nora: A Love Story of Nora and James Joyce*. New York : HarperCollins.

Rey, F. (2016). Nora Joyce et la question du féminin. *Feuillets psychanalytiques*, n° 1, p. 83-87.

Shakespeare, William. (1603). *The Tragedy of Hamlet, Prince of Denmark*, Act 1, Scene 2. Disponible sur Open Source Shakespeare.

Anita Pittoni

Brussell, Samuel. (2020). *Alphabet triestin*. Genève : La Baconnière.

Cuffaro, Rossella. (2022). *Anita Pittoni: Un'artista tra futurismo, avanguardie e modernità*. Trieste : Fondazione CRTrieste.

Dorigo, Fabio. (2018, 10 février). Trieste, cresce il « tesoro » di Anita Pittoni. Il Piccolo.

Pellegrini, Ernestina. (2004). Non-resemblances: Strangers in their own land. Dans Marina Camboni (dir.), Networking Women: Subjects, Places, Links Europe-America: Towards a Re-writing of Cultural History, 1890-1939, actes de la conférence internationale Macerata, 25-27 mars 2002, p. 135-158. Rome : Edizioni di Storia e Letteratura.

Pittoni, Anita. (1954, 22 février). La donna di Trieste : una creatura impensabile. *Il Giornale.*

Pittoni, Anita. (1967). *Poseidone e la luna.* Trieste : La Editoriale Libraria.

Pittoni, Anita. (2012). *Diario 1944-1945.* Trieste : Editore SVSB.

Letizia Fonda Savio, née Svevo

Bon, Silva. (2015). *Letizia Svevo Fonda Savio : Biografia e carteggi.* Coll. Archeografo Triestino – Extra Serie, n° 12. Trieste : Edito dalla Società di Minerva.

Lista per Trieste. (2006). Disponible sur Internet Archive WayBackMachine.

Longo, Alessandra. (1993, 27 mai). La lunga vita di Letizia Svevo. *La Repubblica.*

Svevo, Italo. (1954). *La conscience de Zeno* (éd. originale 1923). Paris : Gallimard.

Svevo Fonda Savio, Letizia. (1972). A Daughter's Tribute. *Modern Fiction Studies, 18*(1), printemps, p. 3-5.

Svevo Fonda Savio, Letizia. (1987). *Niobe moderna.* Trieste : Edizioni Lint.

Vigan, Delphine de. (2013). *Rien ne s'oppose à la nuit.* Paris : Le Livre de Poche.

Livia Fausta Svevo, née Veneziani

Bon, Silva. (2015). *Letizia Svevo Fonda Savio : Biografia e carteggi.* Coll. Archeografo Triestino – Extra Serie, nº 12. Trieste : Edito dalla Società di Minerva.

Spinelli, Manuela. (2014). *Le personnage de l'*inetto *dans la littérature italienne de la fin du XX*e *siècle.* Thèse de doctorat, Université de Paris Ouest Nanterre La Défense.

Svevo, Italo. (1954). *La Conscience de Zeno* (éd. originale 1923). Paris : Gallimard.

Svevo, Italo. (2008). *La vie conjugale : lettres à Livia.* Paris : Éditions Payot & Rivages.

Veneziani Svevo, Livia. (2001 [1958]). *Memoir of Italo Svevo* (trad. Isabel Quigly). Evanston, Illinois : Northwestern University Press.

Katarina Milka Trnina

Bouteldja, Pascal. (1999). Kundry, une femme nommée désir ? *Wagneriana Acta 1999,* CRW Lyon.

Jergović, Miljenko. (2013, 11 mai). Milka Trnina: Nijemi sopran. *Miljenko Jergović.*

Medaković, Dejan. (1995). *Ephemeris : Chronique d'une famille* (trad. Dedan M. Babić). Lausanne : Éditions L'Âge d'homme.

ZagrebtvHD. (2014). *Milka Trnina.* YouTube.

Ruža Klein Meštrović

Istorijski Zabavnik. (2019, 28 septembre). *Žena kojoj je Meštrović upropastio život: Volela ga je beskrajno, a on joj je doneo samo patnju i bol.*

O'Connor, Joseph E. (1983). "Vatra I Pepeo": The Unpublished Memoirs of Ivan Meštrović. *Journal of Croatian Studies,* XXIV.

Sinagoga Maribor. (2012). *Ruža Meštrović – Wife, Woman, Artist. Art Exhibition.*

Valentić, Jelena. (2012, 18 novembre). NIKAD ISPRIČANA PRIČA: Tajni ljubavi život gospođe Meštrović. *Jutarnji List.*

Vujević, Eda. (2021, 11 janvier). Pet žena Ivana Meštrovića - Olimpija, Ruža, Ruženа, Marija i Olga - ljubavi, smrti, suze i strasti kiparskoga klasika na izložbi u Splitu. *Slobodna Dalmacija.*

Růžena Zátková

Gulmon, Agathe. (2011). Růžena Zátková, un destin scellé à Rome. *Ligeia,* 2(109-112), « Futurisme, Dada, Communisme », p. 189-200.

Kubišta, Anna. (2011, 23 avril). Růžena Zátková, une artiste « pré-post-moderne ». *Radio Prague International.*

O'Connor, Joseph E. (1983). "Vatra I Pepeo": The Unpublished Memoirs of Ivan Meštrović. *Journal of Croatian Studies,* XXIV.

Růžena Zátková. (2022, 8 juillet). *Wikipedia* (page en allemand).

Vujević, Eda. (2021, 11 janvier). Pet žena Ivana Meštrovića - Olimpija, Ruža, Ruženа, Marija i Olga - ljubavi, smrti, suze i strasti kiparskoga klasika na izložbi u Splitu. *Slobodna Dalmacija.*

Olga Kesterčanek

Mustapić, Anđelka. (2014, 20 juillet). OGOLJENA INTIMA SLAVNOG KIPARA Zaboravljena muza Ivana Meštrovića ostala mu je vjerna do kraja života. *Jutarnji List.*

Jelica Bukovac Radoslavljević et Ivanka Bukovac Javorsky

Kiš, Patricia. (2014, 13 février). SESTRE BUKOVAC Nepoznati život talentiranih kćeri velikog slikara. *Jutarnji List.*

Kunst Aspekte. (2005). *First Person Singular.*

MIGK [Muzeje i Galerije Konavala]. (2022, 9 juillet). Ivanka Bukovac - Uspomene na mog oca Vlaha Bukovca. *Blog Muzeja i Galerija Konavala.*

Muzeji & Galerije Konavala. ([s. d.]). *Kuća Bukovac.*

Steves, Rick & Hewitt, Cameron. (2014). *Rick Steve's Croatia & Slovenia Guidebook* (5e édition). New York : Avalon Travel.

Marija Jelena Felice « Klara » Banac Račić

Kocelj, Igor. (2020, 28 septembre). Croatian Taj Mahal – Story of Love, Death and Life. *Croatia Unravelled.*

Meštrović, Ivan. (1998). *Vatra i opekline.* Zagreb : Dora Krupićeva. Cité dans Bašić, Đivo. (2018, 23 mai). Marija Banac rođ. Račić. *Dubrovnik Portal.*

Schmeckebier, Laurence. (1959). *Ivan Meštrović Sculptor and Patriot*, Syracuse University Press. Cité dans Porter, Dean A. (1983). New Observations on Ivan Meštrović. *Journal of Croatian Studies,* XXIV.

Sophie « Sopherl » Marie Joséphine Albine Chotek de Chotkowa et Wognin

Ophüls, Max. (1940). *De Mayerling à Sarajevo.* Gaumont. 91 minutes.

Steves, Rick & Hewitt, Cameron. (2014). *Rick Steve's Croatia & Slovenia Guidebook* (5e édition). New York : Avalon Travel.

Women in World History: A Biographical Encyclopedia. ([s. d.]). Chotek, Sophie (1868—1914). *Encyclopedia.com.*

« Nana » Šida Kolar

Armao, Rosemary. (2012, 27 juin). Tunnel Vision. *Back Again to Bosnia.*

Jamil, Khaudra. (2013). *Forgotten.* Vimeo.

Tunel Spasa. (2021). tunelspasa.ba (ce lien renvoie désormais à une page du site du Memorijalni Centar Sarajevo, www.mcsarajevo.ba/tunel-spasa).

Suada Dilberović

Al Jazeera. (2016, 5 avril). Sjećanje na početke opsade: Godišnjica smrti Suade i Olge.

Mulić-Bušatlija, Snježana. (2002, 5 avril). O mostu, Suadi i Olgi... *Arhiva Dani.*

Steves, Rick & Hewitt, Cameron. (2014). *Rick Steve's Croatia & Slovenia Guidebook* (5e édition). New York : Avalon Travel.

Vele, Faruk. (2019, 5 avril). Bosna je zauvijek ostala u srcu Suade Dilberović. *Radiosarajevo.ba.*

Inela Nogić

Bills, John. ([s. d.]). Miss Besieged Sarajevo. *An Illustrated History of Slavic Misery.* Autoédition.

Goemans, Anne-Gine. (2020, 15 mai). Al 25 jaar Miss Sarajevo: 'Betrokken? U2 vulde zijn zakken over onze rug'. *de Volkskrant.*

Livartowski, Juliette. (2021, 28 avril). Le concours de Miss. *Connaissez-vous l'histoire*, Binge Audio [podcast].

Novum. (2012, 5 avril). Miss Sarajevo twintig jaar later. *Nederlands Dagblad.*

Olga Sučić

Pobrić, A. (2015, 6 avril). Kćerka Olge Sučić: Samo sam željela pravdu za svoju majku. *Klix.*

PTVBroadcast. (1992, 5 avril). Senad Hadžifejzović - Rat Uživo 1992-04-05.

Sniper Alley. (2020). *In Memoriam: Hidajet Delić, 1948-2017.*

Vele, Faruk. (2018, 6 avril). Nora Trifković, kćerka Olge Sučić: Moja mama je poginula, za šta?! *Radiosarajevo.ba.*

Femmes de Srebrenica

Association des femmes de Srebrenica. (2000). *Srebrenica 1995 : l'été d'une agonie. Des femmes témoignent*, trad. Mireille Robin. Paris : L'Esprit des Péninsules / Arte éditions.

Feković-Kulović, Mihrija. (2010). *Vivre et mourir pour Srebrenica.* Paris : Riveneuve éditions.

Galerija 11/07/95. (2020). galerija110795.ba

Human Rights Watch. (1995, 10 octobre). The Fall of Srebrenica and the Failure of UN Peacekeeping: Bosnia and Herzegovina.

Kamerić, Šejla. (2022). Bosnian Girl. *Šejla Kamerić.*

Vranić, Seada. (1996). *Breaking the Wall of Silence: The Voices of Raped Bosnia.* Zagreb: Izdanja Antibarbarus.

Donna « Donkica » Salomona (Salamona ?)
Mira « Amira » Papo-Baković

Buttry, Daniel L. ([s. d.]). *Interfaith Heroes* 2. Canton, Michigan : Read the Spirit. Chapitre sur Dervis Korkut récupéré sur le site de Read the Spirit.

Romano, Jaši et Papo, Lili ([s. d.]). Papo Bakovic Dona. *El Mundo Sefarad.*

United States Holocaust Memorial Museum. (2013). Donna Papo's postwar partisan certificate.

Yad Vashem – The World Holocaust Remembrance Center. ([s. d.]). Korkut FAMILY. *The Righteous Among the Nations Database.*

Admira Ismić

Sandic-Hadzihasanovic, Gordana. (2013, 19 mai). Twenty Years On: The Unfinished Lives Of Bosnia's Romeo And Juliet. *RadioFreeEurope RadioLiberty.*

Zaritsky, John. (1994, 10 mai). Sarajevo Romeo and Juliet. *Frontline.* PBS. YouTube.

Luna Laura Levi Papo dite La Bohoreta

Esterka. (2024, 12 mai). *Wikipédia* (page en français).

Laura Papo Bohoreta. (2024, 12 mai). *Wikipedija* (page en serbo-croate).

Koch, Magdalena. (2018). Lost—Regained—Revised: Laura Papo Bohoreta, Sephardic Women in Bosnia, and Transcultural Survival Strategies in Memory. *Studia Judaica, 1*(41), p. 7-30, trad. Thomas Anessi.

Kuić, Gordana. (2007). *Balada o Bohoreti.* Belgrade : Narodna Knjiga-Alfa.

Papo Bohoreta, Laura. (2005 [1931]). *Sefardska žena u Bosni (s jevrejskošpanjolskog preveo Prof. Dr. Muhamed Nezirović).* Sarajevo : Connectum.

Prenz Kopušar, Ana Cecilia. (2014). Dramaturgia de la cotidianidad en la obra de Laura Papo Bohoreta, *Verba Hispanica, XXII*, p. 151-161.

Šuljagić, Strahinja. ([s. d.]). Canto para Bohoreta. Cité dans Papo Bohoreta, Laura (2005 [1931]). *Sefardska žena u Bosni (s jevrejskošpanjolskog preveo Prof. Dr. Muhamed Nezirović).* Sarajevo : Connectum.

Večerina, Jagoda. (2013, 22 octobre). Laura Papo Bohoreta – prva sefardska feministkinja. *Autograf.*

Roza Papo

Roza Papo. (2022, 6 janvier). *Wikipedia* (page en anglais).

T., A. (2016 [1984]). Roza Papo, odlazak legendarne partizanske lekarke: Bila je prva žena general na Balkanu. *Yugopapir.* Originalement du journal *Front.*

Walders, Davi. (2006). General Dr. Roza Papo Reports from the Front. *Bridges: A Jewish Feminist Journal, 11*(2), automne, p. 51-53.

Zdenka et Rajka Baković

Apostolski, Mihailo *et al.* (1982). *Narodni heroji Jugoslavije*, tome 1 (A-M). Ljubljana : Partizanska knjiga ; Belgrade : Narodna knjiga ; Titograd (Podgorica) : Pobjeda.

Boban, Jadran. ([s. d.]). Rajka i Zdenka Baković. *JadranBoban.com.*

Julija Primic

Julija Primic. (2022, 15 janvier). *Wikipedija* (page en slovène).

Prešeren, Francè. (2013 [1846]). *Les Poésies*. Édition bilingue, traduction de Kolja Mićević. Mont-de-Marsan, France : Éditions Ésopie.

Steves, Rick & Hewitt, Cameron. (2014). *Rick Steve's Croatia & Slovenia Guidebook* (5e édition). New York : Avalon Travel.

Olimpia Pozatti

Beja, Boris. (2011, 5 novembre). Prešernov spomenik. *Planet Siol. net.* Disponible sur Internet Archive WayBackMachine.

Brossard, Nicole. (2003). *Je m'en vais à Trieste.* Trois-Rivières : Écrits des Forges.

Šavc, Urška. (2010). France Prešeren – slikovno gradivo. *DEDI – digitalna enciklopedija naravne in kulturne dediščine na Slovenskem.*

Steves, Rick & Hewitt, Cameron. (2014). *Rick Steve's Croatia & Slovenia Guidebook* (5e édition). New York : Avalon Travel.

Susan Sontag

Beckett, Samuel. (1952). *En attendant Godot*. Paris : Éditions de Minuit.

Brossard, Nicole. (2003). *Je m'en vais à Trieste.* Trois-Rivières : Écrits des Forges.

Kotecki, Kristine. (2016). The Future of Europe: Susan Sontag's Sarajevo Publications, Papers, and Production of *Waiting for Godot*. *Interventions*. Taylor & Francis.

Kreševljaković, Nihad. (2019). *Don't Cry for Me—Susan Sontag in Sarajevo*. Bosnie-Herzégovine, 72 minutes.

Moser, Benjamin. (2019a, 9 septembre). Sontag in Sarajevo. *The New York Review*.

Moser, Benjamin. (2019b). *Sontag: Her Life and Work*. New York : HarperCollins.

Solym, Clément. (2019, 20 mai). Susan Sontag, véritable auteure du livre phare de son mari. *ActuaLitté*.

Sontag, Susan. (1993, 21 octobre). Godot Comes to Sarajevo. *The New York Review of Books*.

Sontag, Susan. (1994, mai). Waiting for Godot in Sarajevo. *Performing Arts Journal*, *16*(2), p. 87-106.

Sontag, Susan. (2002 [1978]). Project for a Trip to China, *I, etcetera*. New York : Picador.

Božena Němcová (née Barbora « Barunka » Pankel, tchéquisé en Panklová)

Les extraits de lettres de Božena Němcová ainsi que d'autres informations ont été prises de panneaux du Muzeum Boženy Němcové ainsi que du livre de Kelcey Parker Ervick, produit d'une démarche de recherche et de collage similaire à la mienne.

Demetz, Peter. (1998). *Prague in Black and Gold: Scenes from the Life of a European City*. New York : Hill and Wang. Cité dans Parker Ervick, Kelcey. (2016). *The Bitter Life of Božena Němcová: A Biographical Collage*. Brookline, MA : Rose Metal Press.

Iggers, Wilma A. (1995). *Women of Prague. Ethnic Diversity and Social Change from the Eighteenth Century to the Present*. Providence, Oxford : Berghahn. Cité dans Parker Ervick, Kelcey. (2016). *The Bitter Life of Božena Němcová: A Biographical Collage*. Brookline, MA : Rose Metal Press.

Jaromír Erben, Karel et Němcová, Božena. (2007). *Czech Fairytales*, trad. Renata Pešková. Prague : Vitalis.

Muzeum Boženy Němcové. (2022). www.muzeumbn.cz

Němcová, Božena. (1912). *Sebrané spisy Boženy Němcové: Korrespondence. díl. I.* Dirigé par J. Laichter. Prague.

Němcová, Božena. (1921). *The Disobedient Kids and Other Czecho-Slovak Fairy Tales*, trad. William H. Tolman et V. Smetánka. Prague : B. Koči.

Němcová, Božena. (2005). *Básně Boženy Němcové.* Design par Sais@nka.

Němcová, Božena. (2008 [1855]). *Babitchka*, trad. Eurydice Antolin. Carouge-Genève : Les Éditions Zoé, coll. Les classiques du monde.

Parker Ervick, Kelcey. (2016). *The Bitter Life of Božena Němcová: A Biographical Collage.* Brookline, MA : Rose Metal Press.

Richter, Václav. (2004, 30 décembre). « Grand-mère », le livre de Bozena Nemcova a 150 ans. *Radio Prague International.*

Richter, Václav. (2012a, 23 janvier). Božena Němcová, une écrivaine qui a su rester authentique. *Radio Prague International.*

Richter, Václav. (2012b, 28 janvier). À la recherche du vrai visage de Božena Němcová. *Radio Prague International.*

Sara Marie Henriette Bernhardt ou Henriette Rosine Bernard, dite Sarah Bernhardt

Atelier Thomas Sertillanges. (2007, 3 mars). Sarah Bernhardt, la grande amie d'Edmond Rostand : un sonnet pour une actrice grandiose. *Cyrano(s) de Bergerac.*

Banville, Théodore de. (1900). Sarah Bernhardt. *La Plume, 12*, p. 630-631.

Bernhardt, Sarah. (2013 [1907]). *Ma double vie.* Paris : Ink Book Édition.

Bouchard, Michel Marc. (2015). *La divine illusion : théâtre.* Montréal : Leméac.

Morin-Rotureau, Évelyne. (2020). *Sarah Bernhardt : l'indomptable.* Paris : Oskar éditeur, coll. Elles ont osé !

Ouimet, Raymond. (2020, 22 novembre). Visites de Sarah Bernhardt au Canada. *Le Droit.*

Zdeňka Hejduková, née Šmejkalová

Par communication personnelle, monseigneur Petr Jíša, directeur du Département des archives de la ville de Prague (Odbor Archiv hlavního města Prahy), m'a transmis des informations sur Zdeňka que je n'arrivais pas à trouver sur internet. Presque toutes les notes de cette suite proviennent des pages d'informations qu'il m'a généreusement fait parvenir ou des messages d'explications qui les accompagnaient.

Pellarová, Kristýna. (2015). *Women and their Legacy in the Topography of the City of Prague* (mémoire de baccalauréat). Hradec Králové : Faculty of Arts, University of Hradec Králové.

REMERCIEMENTS

Je remercie chaleureusement Carole Forget et le programme de marrainage de l'UNEQ, qui m'a permis d'avoir cette poète talentueuse et voyageuse comme marraine d'écriture pendant six mois. Grâce à Carole, j'ai entre autres pu trouver le ton et le format des poèmes, travailler ma voix-dans-ce-projet, ce qui n'est pas rien.

Un énorme merci aussi au Conseil des arts du Canada, dont le financement a pu soutenir l'énorme recherche sur le terrain qu'il me restait à faire après le premier voyage (l'internet ayant ses limites dans les cas de femmes peu connues même dans leur pays), ainsi que l'écriture et la réécriture de la majorité des poèmes.

Un immense merci également à l'UNEQ pour la bourse Jean-Pierre-Guay | Caisse Desjardins de la Culture, laquelle m'a permis de consacrer une partie de l'été 2021 à ce que je croyais être la finalisation de ce texte commencé six ans plus tôt – et finalement terminé au printemps 2024. Le temps continu demeure la ressource la plus précieuse des auteurices à notre époque fragmentante.

Merci à Bertrand Laverdure, qui m'a mise sur la piste du *Mausolée* de Hans Magnus Enzensberger, recueil qui a fait poindre en moi l'envie de répliquer par un « deuxième mausolée ».

Merci à monseigneur Petr Jíša, des archives de la ville de Prague, d'avoir retrouvé la trace (les infimes traces !) de Zdeňka Hejduková, et à ma chère Magdaléna Mičková de m'avoir mise en contact et d'avoir traduit (et corrigé !) le tchèque pour moi. Merci à Iveta Rydlová, qui a ouvert pour moi seule le Muzeum Boženy Němcové à Česká Skalice sous la neige de décembre. Merci à Riccardo Cepach, du Museo Sveviano e Museo Joyce de Trieste, pour les discussions nourrissantes sur les vies des femmes triestines (et, en prime, sur la vie poétique de Sarajevo). Merci aux équipes des bibliothèques visitées (la Biblioteca Civica Attilio Hortis de Trieste et la Nacionalna i sveučilišna knjižnica u Zagrebu) de m'avoir laissé avec le sourire bafouiller votre langue et consulter vos livres et journaux. Merci à Barbara Vujanović, conservatrice principale de l'Atelijer Meštrović à Zagreb ; à Edis Kolar, du Tunel Spasa à Sarajevo et petit-fils de Nana Šida Kolar ; et à Edis Begtašagić, de la Galerija 11/07/95 de Sarajevo, d'avoir toustes répondu à mes questions par courriel. Merci à Nihad Kreševljaković de m'avoir donné accès à son film sur Susan Sontag à Sarajevo pour que je le visionne à nouveau et que j'y vérifie des informations.

Merci à mes inestimables Armāsha Turumbetov, Ana Gavrančić, Magdaléna Mičková et Agnès Zátorský, Jacqueline Verwer et Nadine Lavoie pour l'aide avec les traductions (de l'italien, du bosnien-croate-serbe, du tchèque, du néerlandais et de l'allemand, respectivement) et pour les relectures avisées. Merci à Maya Ombasic de m'avoir mis entre les mains les textes de Kemal Monteno et d'Aleksandar Hemon et, surtout, de m'avoir aidée dans leur étude.

Merci à celleux qui m'ont hébergée et m'ont orientée pour que je trouve les réponses à mes questions, qui devaient vous sembler venir de nulle part.

Merci à mon amoureux, Mathieu Gosselin, qui m'a donné une excellente piste pour le retravail des passages en prose. Merci de me faire confiance... et d'avoir ri de moi, avec moi, chaque fois que j'ai dit : « Cette fois, j'ai vraiment presque fini ! »

Merci à ma grande amie Laurence-Aurélie Théroux-Marcotte, qui m'a encouragée inlassablement lors de ces longues années d'écriture et de réécriture. Que notre amitié précieuse perdure encore longtemps.

Merci à ma chère amie Noémie Pomerleau-Cloutier pour l'émulation, le partage, le soutien sans faille... et le dictionnaire français-italien.

Merci à mes éditeurices pour la confiance et la patience infinies. Je vous remercie du fond du cœur d'avoir donné sa chance à ma proposition dense et complexe (pour ne pas dire *absconse et compliquée*) et, surtout, de m'avoir aidée à la rendre plus légère, plus élégante, plus digeste.

Merci aux lecteurices de vous être embarqué·es dans ce voyage avec moi... Que dis-je ? Avec nous.

DANS LA MÊME COLLECTION
POÉSIE

BELL, Vanessa, *De rivières*, 2019

BERNIER, Mélina, *Amour debout*, 2012

CARON, Jean-François, *Des champs de mandragores*, 2006

DAWSON, Nicholas, *La déposition des chemins*, 2010

DROUIN, Marisol, *Lola et les filles à vendre*, 2020

DULUDE, Sébastien, *ouvert l'hiver*, 2015

DUMAS, Simon, *La chute fut lente interminable puis terminée*, 2008

GAGNÉ, Mireille, *Bois de fer*, 2022

GAUDET-LABINE, Isabelle, *Mue*, 2011

GAUDET-LABINE, Isabelle, *Pangée*, 2014

GAUDET-LABINE, Isabelle, *Nous rêvions de robots*, 2017

GAUTHIER-LANDRY, Kristina, *Et arrivées au bout nous prendrons racine*, 2020

GILL, Marie-Andrée, *Béante*, 2015 (1ère édition, 2012)

GILL, Marie-Andrée, *Frayer*, 2015

GILL, Marie-Andrée, *Chauffer le dehors*, 2019

GRAVEL-RENAUD, Geneviève, *Ce qui est là derrière*, 2012

LAMBERT, Roseline, *Lac noir*, 2024

LÉVESQUE, Aimée, *Tu me places les yeux*, 2017

LÉVESQUE, Aimée, *Parmi les femmes*, 2024

LUSSIER, Alexis, *Les bestiaires*, 2007

NEVEU, Chantal, *mentale*, 2008

NEVEU, Chantal, *coït*, 2010

NEVEU, Chantal, *La vie radieuse*, 2016

NEVEU, Chantal, *you*, 2021

OUELLET TREMBLAY, Laurance, *Était une bête*, 2015 (1ère édition, 2010)

OUELLET TREMBLAY, Laurance, *salut Loup !*, 2014

PARENT, Anne Martine, *Je ne suis pas celle que vous croyez*, 2016

PARENT, Anne Martine, *L'horizon par hasard*, 2023

PELLETIER-MORIN, Sarah-Louise, *Le marché aux fleurs coupées*, 2023

PINETTE, Benoit, *La mémoire est une corde de bois d'allumage*, 2021

PLAMONDON, Louis-Thomas, *Portages*, 2019

POMERLEAU-CLOUTIER, Noémie, *Brasser le varech*, 2017

POMERLEAU-CLOUTIER, Noémie, *La patience du lichen*, 2021

SAGALANE, Charles, ^{29}*carnet des indes*, 2006

SAGALANE, Charles, ^{68}*cabinet de curiosités*, 2009

SAGALANE, Charles, ^{51}*antichambre de la galerie des peintres*, 2011

SAGALANE, Charles, ^{47}*atelier des saveurs*, 2013

SAGALANE, Charles, ^{73}*armoire aux costumes*, 2016

SAGALANE, Charles, ^{96}*bric-à-brac au bord du lac*, 2018

SAGALANE, Charles, ^{7}*du premier au dernier jour*, 2024

TREMBLAY, Stéfanie, *Musique*, 2022

TURCOT, François, *miniatures en pays perdu*, 2006
TURCOT, François, *Derrière les forêts*, 2008
TURCOT, François, *Cette maison n'est pas la mienne*, 2009
TURCOT, François, *Mon dinosaure*, 2013
TURCOT, François, *Le livre blond*, 2016
TURCOT, François, *Souvenirs liquides*, 2019
TURCOT, François, *Les pas fantômes*, 2024
TURCOT, Simon Philippe, *Renard*, 2015
VOYER, Marie-Hélène, *Expo habitat*, 2018
VOYER, Marie-Hélène, *Mouron des champs*, 2022

La Peuplade a été fondée
par Mylène Bouchard
& Simon Philippe Turcot.

DES LIVRES PHARES
DEPUIS 2006

Direction littéraire
Mylène Bouchard

Édition
Mylène Bouchard
Paul Kawczak
Marc-Antoine Gilbert

Révision linguistique
Pierrette Tostivint

Correction d'épreuves
Caroline Louisseize

•

Design graphique et mise en page
Atelier Mille Mille

Photographie en couverture
Hoda Afshar

Parmi les femmes a été mis en page en Lyon,
caractère dessiné par Kai Bernau
en 2009 et en Din Next, caractère dessiné
par Akira Kobayashi en 2009.

Achevé d'imprimer en France
par CPI en juin 2024.

No. d'impression : 2078972